北极狐传奇

Bei Ji Hu Chuan Qi

【加】欧内斯特·汤普森·西顿/著

济南出版社

图书在版编目(CIP)数据

北极狐传奇/(加)西顿著;铃兰改编.—济南:
济南出版社,2015.8(2024.9 重印)
(每天读一点.世界动物文学名著.第 2 辑)
ISBN 978 - 7 - 5488 - 1740 - 6

Ⅰ.①北… Ⅱ.①西… ②铃… Ⅲ.①儿童文学
—短篇小说—小说集—加拿大—现代 Ⅳ.①I711.84

中国版本图书馆 CIP 数据核字(2015)第 198415 号

责任编辑 史 晓
封面设计 周 倩

出版发行 济南出版社
地 址 济南市二环南路 1 号(250002)
经 销 新华书店
发行热线 0531 - 86131728 86116641
编辑热线 0531 - 86131741
印 刷 肥城汇文印务有限公司
版 次 2015 年 9 月第 1 版
印 次 2024 年 9 月第 3 次印刷
规 格 880mm × 1230mm 1/32
印 张 6.375
字 数 96 千
定 价 36.00 元

(济南版图书,如有印装错误,请与出版社联系调换 电话:0531 - 86131736)

【特别推荐】

你精彩，你的世界才会精彩

这本书中的三个故事虽然互无联系，但讲述了同样一个道理，那就是只有做最好的自己，才能遇到最好的伙伴，继而过上自己想要的生活。

《北极狐传奇》主人公卡塔是一只孤独的狐狸，在北极的春天这个恋爱的季节，他打败另一只雄性狐狸，与自己心爱的姑娘结婚了。婚后，他们有了自己的孩子。为了让自己的妻子与孩子过上好的生活，卡塔不仅自己捕捉了好多猎物，还教会了他的孩子们学会捕猎，并最终让长大了的孩子们顺利地离开独立生活。

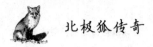

　　在这个过程中，卡塔始终保持着高度的警惕，他开动脑筋，机智灵活地躲过一次又一次险情。卡塔是个强者，他的表现一直非常出色，他凭能力赢得妻子的心，也让许多动物望而生畏。在弱肉强食的野生环境中，只有让自己变得强大，才能立于不败之地，也只有做最出色的自己，才能赢得自己的威严与别人的尊重。

　　在严酷的环境中，能够活下来已属不易；而能够活得精彩，更是需要自身具有超强的捕猎技巧与逃生能力。人与动物其实是一样的，要想活得精彩，必须自身素质过硬，你精彩，你的世界才会精彩。

　　《狐狗乌里传奇》是个悲剧。乌里本是一条对主人忠心耿耿的小牧羊犬，在一次执行任务的过程中，主人误会了他，他走失了。为了寻找主人，他吃尽了苦头。就连遇到主人的朋友，他都激动得不知所措。然而，就是这样一只可爱的小狗，却变成了双重性格：人前，他会尽职尽责地完成主人交给的任务；人后，则干着咬死别人家牲畜的坏事。他的这一变化让人非常痛心。只是因为原主人抛弃了他，他就变得如此可怕。爱的缺失的确会使一个人的人格不健全，但归根结底还是因为自己心理素质不够过硬。在这个世界，如果连一点委屈都承受不了，就难以成为一个大写的人，更谈不上什么理想了。

　　《银狐托米》讲的是狐狸中珍贵的品种银狐托米的故事。自始至终，托米都是一个强者，他从小就品种高贵，身体强壮，聪明好学，本领超强。他在该恋爱的季节顺利结婚，与猎狗、人类等展开了一系列的斗争。他的顽强、智慧与不屈不挠的精神，让人为之动容，也让他漂亮的外表更加出彩。他的幸福是靠自己争取来的，他的幸运离不开奋斗与拼搏。

　　你精彩，你的世界才会精彩。做最好的自己，才有机会遇到最好的别人；做有能力的自己，才能过自己想要的生活，成就精彩的人生。

目　录

北极狐传奇

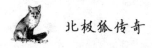

狐狗乌里传奇

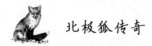

 银狐托米

婚后生活是怎样的呢?

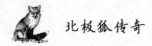

诱猎狗朝自己追击。

北极狐传奇

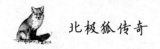
第一章　孤单的卡塔

在北极一个无名的小岛上，住着一只美丽的狐狸，他没有父母，没有朋友，显得尤其孤单……

这里是北极地区一个不知名的小岛，在这个小岛的四周是一望无际的海洋，海水团团地环绕着小岛。岛上有一座海拔很高的山峰。对于动物来说，这座山峰十分陡峭危险，但是对于鸟儿来说，山峰却是它们最安全、最喜欢栖息的地方。

夕阳西下，海鸟们自由自在地盘旋在海岛附近的海面上空，它们唱着婉转的歌儿，声音清脆悦耳。偶尔，也有一种不太和谐的声音从某个地方传过来。听到这个声音，那些有经验的猎人就会告诉你："这不是海鸟的叫声，而是一种野兽在呼唤。"这个发出不和谐音的动物是北极狐，他是一种很有灵性的动物，喜欢居住在山川地带或者密林深处。在这个小岛的草原地带还活跃着一种动物，那就是北极鼠。素日里，北极狐喜欢捕捉北极鼠或海鸟为食，是所有北极鼠与海鸟的天敌。所以，一听到北极狐的叫声，刚刚还在岩石上晒太阳的北极鼠和自由自在飞翔着的海鸟，都会禁不住打个寒战，北极狐的叫声对他们来说，简直就是让他们毛骨悚然的魔鬼之音。

刚刚发出呐喊声的北极狐名叫卡塔，人们并不知道这个好听的名字是如何叫起来的，好像他一出生就被称呼这个名字。卡塔只在清晨和傍晚才会发出这样的声音，那是他在深情地吟唱着自己的单身情歌。

卡塔浑身披着雪白雪白的皮毛，长得很漂亮。白天，在湛蓝天空的映照下，他站在光滑的岩石上，雪白色的油亮皮毛一闪一闪的，特别耀眼。他很健壮，奔跑速度很快，常常没等别人看清楚他的样子，他早就像影子一样倏忽一闪不见了。那个影子留给别人的印象绝对是惊鸿一瞥。

已经是五月了，北极地带仍然非常寒冷。这个时候正是北极狐发情的季节，每年这个季节，成熟的北极狐都会情不自禁地昂起他们漂亮的脖子，唱起一首首高亢的情歌。

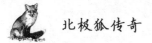

　　所以，这个季节经常听到卡塔的歌声并不奇怪。

　　夜幕降临之后，黑幕笼罩下的海岛多了几分神秘，鸟儿归巢、动物回窝，整个海岛十分安静。只有卡塔不知疲倦地唱着他的单身情歌，在寂静的夜晚显得尤为刺耳。偶尔，他会整夜整夜不睡觉，那歌声便也随着他响彻一夜。

　　也许是大自然母亲的忠告，也许是动物的本能使然，卡塔从小就知道，如果有什么难以抑制的冲动，就一定要大声唱出来，而且还要在自己路过的每一块石头、每一棵树木上留下记号，同时许下自己的愿望。不同记号的标识代表着不同的含义。对未经自己同意而闯入自己领地的敌人，必须在石头上留下绿色的记号，看到绿色的记号，擅自闯入的动物就会识趣地乖乖离开；如果是肚子饿了，留下的记号是白色的；如果想恋爱了，就留下红色的记号。

在夜色的掩护下，卡塔四处奔走、歌唱，他走走停停，不时地在岩石上留下一些记号，那些记号无一例外全部写满寂寞与渴望。

北极地区的五月昼长夜短，白天明晃晃的太阳迟迟不下山，照亮了海岛的每一个角落。由于阳光照射增多，海边的冰开始融化了，沙滩显露出本来的颜色。卡塔的美食多了起来，不只是水鸟、北极鼠，鱼和虾也成了他捕捉的对象。但是，就算是衣食丰裕，依然驱赶不掉卡塔心头的寂寞。

于是，更多的时候，卡塔开始一边唱歌，一边到处留下自己的记号。那些记号就是他排解情绪的一种方式。

卡塔会找到他的伙伴吗？他会一直这样寂寞下去吗？

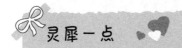

灵犀一点

　　动物依照本能做出最优的选择，这是大自然优胜劣汰的神奇力量。

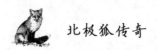

第二章　遇到爱情

1

大自然不会让一个精灵一直寂寞下去，卡塔终于遇到了一只令他心仪的雌狐狸，但他发现，雌狐狸身边还有一只雄狐狸。他该怎么办呢？

大自然母亲是不会让一个精灵一直寂寞下去的，何况卡塔还是北极一个漂亮的精灵。

在没找到伴侣之前，卡塔依旧夜夜唱着寂寞的情歌。直到第七天晚上，他的运气来到了，一切开始变得不同起来。

那天晚上，卡塔像往常一样唱着情歌四处奔走，时而无聊地四下张望，时而在经过的岩石上撒尿，留下自己的记号。走着走着，忽然从远处传来一阵高亢的叫声，这叫声让卡塔为之一振。因为他听出来了，那不是鸟鸣的声音，而是某种动物的声音。

安静的夜里，卡塔仔细分辨着这声音的来源，他的耳朵非常灵敏，那叫声才响过几声，他就清清楚楚地听出什么了。那是他的同类发出的呼唤，他知道这叫声表达的意思，正是回应了他的情歌。卡塔兴奋地朝着发出声音的方向跑去，眼睛里闪烁着激动的光芒。

昏暗的月光柔和地洒向这个海岛，卡塔像风一样飞快地奔跑着，他穿过草地和岩石，一口气跑了一千多米的路，朝着发出声音的方向跑去。

很快，卡塔找到发出声音的地方了。

卡塔激动地喘息着，心快要蹦出来了。他急切地朝山丘斜坡那边张望着，发现有一只跟他体形差不多的白色动物站在一棵树下，正好也朝卡塔跑来的方向张望着。

卡塔并没有立即朝那里跑过去，本能告诉他，他在快速奔跑的时候，伴随他的脚步的还有一种危险的气息在靠近。此刻，停止奔跑的卡塔终于看清楚了，站在树下的不只有一只雌狐狸，还有一只雄狐狸。

在卡塔眼里，那只雌狐狸简直太美了！她那漂亮的眼

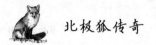

睛注视着卡塔，神情平静而宁和。看得出，那只雌狐狸对卡塔颇有好感。卡塔被雌狐狸的眼神所鼓舞，他一口气爬上山顶，叉开腿，仰起漂亮的脖子，又开始唱起了与以往不同的情歌。那只雄狐狸毫不示弱，也跑到另一个高处，唱起了与卡塔相同内容的情歌。

那只雌狐狸在斑驳的树影下，摆动着她漂亮的长尾巴，不动声色地看着他们俩。

卡塔和对手都支撑着身体向后退去，这是一个信号，在这种情况下，雌狐狸如果是雄狐狸的妻子的话，就会立即跑到自己丈夫的身边。但是，卡塔分明看到，雌狐狸站在原地未动，只是来回摆动着尾巴，显然，她在观望卡塔与那只雄狐狸的对决。这让卡塔有了信心，他知道，这只漂亮的雌狐狸尚无婚配，是自由的，他决定与另一只雄狐狸决斗，以赢得雌狐狸的芳心。

仿佛心有灵犀一般，卡塔与那只雄狐狸不约而同地互相逼近，在相距五米左右的地方，又同时停了下来。他们按照狐狸世界的规矩，各自画好了一个圆圈，然后在各自的边界滴溜溜地绕着圈子，不停地来回跑着，这是狐狸之间相互判断对方实力的一种方式。

雌狐狸悠闲地摆动尾巴，面无表情地注视着这两只雄狐狸，仿佛他们之间的决斗压根与自己无关。没有人猜得

到她到底在想什么。

　　两只雄狐狸竖起了尾巴，死死地盯着对方，几乎同时吼叫着向对方扑去。他们用身体猛烈地撞击对方，并在身体接触的刹那间，撕咬着对方脖子。一次、两次、三次……那只雄狐狸显然不是卡塔的对手。很快，他被卡塔撞倒在地，但他很顽强，又迅速地从地上爬了起来。两只雄狐狸再次重复着刚才的动作，重复着刚才的撕咬。但是，第二个回合依然是卡塔胜了。

　　第三个回合开始了，那只雄狐狸刚刚被撞倒在地，好像受到了很重的创伤。好不容易他才翻身站了起来，没想到，没等卡塔再次出击，他掉转身子，飞快地向远处逃走了。

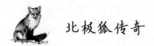
卡塔胜利了，在动物的世界里，从战场逃走就是失败，等于退出竞争。可是，那只漂亮的雌狐狸却没有表现出多少惊喜，也没有为卡塔的胜利欢呼，她仍然站在树下，面无表情地摇摆着尾巴。

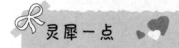 灵犀一点

　　大自然的生存法则就是优胜劣汰，争取爱情时也一样是胜者为王。

2

　　卡塔打败了对手，向雌狐狸求婚，他的求婚顺利吗？

　　卡塔等对手一走，连忙向树影下的雌狐狸身边跑去。意外的是，那只雌狐狸却躲开它，转身跑了。卡塔立刻紧追其后，雌狐狸竟然转身冲卡塔很不友好地龇牙咧嘴，卡塔一下子愣住了。

　　雌狐狸的凶相让卡塔很不理解，他不明白自己哪儿做得不好，让雌狐狸如此反感。不过，卡塔并没有放弃，动

物的本能使他不可能对好不容易才遇到的爱情轻易放弃。于是，雌狐狸在前面跑，卡塔在后面追，只要他一靠近雌狐狸，那只雌狐狸立马转过身来朝卡塔龇牙恐吓。

就这样，你追我赶，反反复复若干次，雌狐狸好像累了，放慢了脚步，最后干脆趴在地上一动不动了。卡塔很高兴，他以为雌狐狸心软了，或者对他的考验结束了。但是，只要卡塔想要靠近雌狐狸，她又会低吼起来，同时露出白白的牙齿，好像在说："离我远点，别过来！"卡塔依旧没有放弃，他决定守住这只雌狐狸，等待她接受自己，卡塔对自己有信心。在等待的过程中，卡塔看到刚才败走的那只雄狐狸的身影又出现了，他就在附近的山丘上，卡塔知道那只雄狐狸还是有些不甘心。

不能再等了！卡塔意识到雌狐狸的犹豫不决，立刻慢慢向心中的女神靠近过去。出乎意料的是，这一次雌狐狸没有再向他龇牙咧嘴，只是低低地"哼哼"叫着，像是一个撒娇的小姑娘。雌狐狸一边叫着，一边缓缓地后退，好像在害羞，直到被身后两块巨大的岩石挡去退路，才停了下来。

卡塔还想继续靠近她，没想到那只雌狐狸又吼叫起来。

无奈之下，卡塔只好又向后退了几步。他趴在地上，耐心地等待着雌狐狸做出决定。

雌狐狸与卡塔就这样互相注视着对方，那一刻，周围是那么安静。忽然，附近的树丛中传出了"咔嚓、咔嚓"的响声，卡塔和雌狐狸不约而同地转身朝那个发出声音的地方看去。

灵犀一点

要想得到自己想要的东西，离不开执着、自信和坚持。

第三章　卡塔结婚

卡塔最终赢得了雌狐狸的爱情，他们的爱巢会筑在哪里呢？

发出"咔嚓"声的是一只北极鼠，他探头探脑地从草丛中钻了出来，压根没有注意到危险正在眼前。

说时迟，那时快，雌狐狸根本没看清楚卡塔是怎么过去的，北极鼠就已经丧命在卡塔的利齿之下。这一切发生得太突然了，雌狐狸还愣在那里，卡塔已经叼着猎物从容地走到她的身边。

卡塔把猎物放在雌狐狸脚边，然后自觉地向后退了两步，一双亮晶晶的眼睛时刻观察着雌狐狸的反应。

雌狐狸看着眼前的美味，又看了看卡塔，犹豫了一会儿，随即吃掉了卡塔捕来的那只北极鼠。

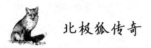

卡塔的脸上露出欣慰的笑容。雌狐狸接受了他送来的美味，对他的态度明显温柔了许多。当卡塔试探着再次靠近雌狐狸时，她没有再向卡塔龇牙。

就这样，卡塔赢得了雌狐狸的芳心，他同这只雌狐狸结为了夫妻。

这只雌狐狸名叫瑞格，从此，她和卡塔开始朝夕相处，一起狩猎，一起做游戏，到处游山玩水，每天都生活得很幸福很快乐。这对新婚夫妇与人类的新婚夫妻一样，沉浸于恩恩爱爱的蜜月之中，甚至忘记了该建一座房子这样的正事。

漫长的蜜月期即将结束，他们开始冷静下来，考虑找个合适的地方安顿下来，建造一个属于自己的家。

　　卡塔打算在悬崖下找个避风的地方建造洞穴，妻子瑞格显然不满意他的方案。她是这样对卡塔说的："除了悬崖下，你怎么会知道就没有一个更好的地方筑窝呢？你呀，除了打猎，啥也不懂!"她看了看卡塔，一脸的嗔怪。

　　最后，他们选中了一个地方，这个地方位于低矮的山丘间，两块巨大的岩石耸立在那儿，岩石间狭窄的通道刚好容一只狐狸钻过去。

　　地点确定之后，瑞格和卡塔就开始按照本能的指引，建造属于自己的新家。面对选好的新址，他们开始憧憬未来的美好生活。

　　五月的太阳炙烈地照射着大地，岩石间的冰冻土层开始软化，瑞格很快挖好一个很深很深的坑。

　　再深下去就是冰土层。冻土没有软化，再挖下去是件很困难的事情了。卡塔担心瑞格太累，便主动要求替换下妻子，但是，下面的冻土实在太硬了，卡塔根本挖不动。这对小夫妻只好作罢，停止挖洞，一起外出狩猎去了。

　　其实，狐狸在野外生活有着得天独厚的条件，上天赐给他们最好的棉被——他们有着浓密的长毛尾巴，可以把身体蜷缩起来，再把尾巴盖在身上，就像毛毯一样暖和。所以，素日里他们只是随便找个避风的地方睡觉，即使没有自己的洞穴，也非常舒服暖和。

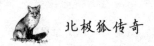

　　但是，现在好像有种神秘的力量，促使卡塔和瑞格一定要挖一个属于自己的洞穴。至于为什么这样做，他们自己也想不明白。

　　第二天，他们继续挖着自己的洞穴。昨天还冻得硬邦邦的冻土层被太阳照射了整整一天，现在已经变得松软了许多。虽然融化的松软层只有薄薄的一层，他们还是尽量往下挖着，直到挖到下面像石头一样硬的冻土才作罢。

　　以后的日子，他们天天这样劳作，日复一日，洞穴一天比一天深了。终于有一天，他们把冻土层挖穿了，冻土下面竟然散发着些许热气。接下来的挖洞工作变得轻松了许多。

　　挖洞对卡塔和瑞格来说，是件轻松有趣的事情。现在，他们面对足够宽敞的洞穴，越干越来劲。他们把洞穴除了往深里挖，还开始向横里挖，把洞穴的通道挖得弯弯曲曲，又细又长。目前通道的长度竟然有五个卡塔的身长了。

　　此外，他们还另外挖了个洞穴，是在通道里面一个稍微向上的地方。这个洞穴十分宽敞，瑞格的整个身体进去，四周还有若干空隙，简直可以称得上是一个大一居室了。在这个宽敞的洞穴里，除了松软的土，什么也没有铺。因为没有采光的窗户，所以洞穴里面非常昏暗。

在北极这样气候冷、海拔高的地带，即使是春天，在地上或海上也会有残留的冰雪。冰面化开后，露出的是绿色的海水，当绿色的海水和冰在月光下发出耀眼的光芒时，瑞格的举动有些不同寻常了。

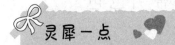

灵犀一点

相伴相守、同甘共苦，使卡塔与瑞格之间的爱情越来越甜蜜，让他们的生活沐浴着阳光和快乐。

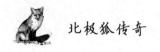

第四章　卡塔当爸爸

有一段时间，妻子不让卡塔回窝，对他的态度也相当恶劣……

瑞格的不同寻常首先表现在特别护食上，只要是到她嘴边的食物，卡塔连一点也分享不到。而且瑞格的脾气也变得暴躁起来，她不再喜欢卡塔像新婚时那样贴在她身边了。

卡塔清楚地记得，那天瑞格将自己杀死的北极鼠带回洞穴，埋藏在洞穴旁边的地下。卡塔只是好奇地走过来察看，却让瑞格怒吼了几句，她仿佛在警告自己的丈夫："别靠近我埋藏食物的地方，否则，我会对你不客气的!"卡塔第一次被妻子如此拒绝，感觉很是伤心。

从那以后，每次狩猎归来，瑞格都要把食物埋藏起来。

有一天，还发生了一件让卡塔迷惑的事情。

这一天，瑞格先钻进了洞穴，卡塔像往常一样跟在自己的妻子后面准备进洞，没想到，瑞格突然回过头来，对他不客气地说："你停下！不要跟进来！"卡塔非常吃惊，他很爱自己的妻子，不明白妻子为什么会变得如此怪异。对此，瑞格既不解释，也不安慰卡塔，把头一扭，进了洞穴，卡塔只好委屈地退了出来。

接下来，卡塔努力讨好妻子，想尽一切办法安抚她的情绪，可是，无论他怎么努力，瑞格就是不给他面子。他们就这样僵持着分开了一个星期，卡塔心里非常难受，感觉这一周的时间太漫长了，简直是一种煎熬。他每天独自外出狩猎，依旧努力讨好妻子，但是妻子对他的态度一直没有什么改观。

事情的发展越来越严重，让卡塔更加措手不及。

有一天清晨，卡塔没有看到妻子的身影，于是开始四处寻找，当卡塔走到洞口，刚想进洞寻找时，没想到从洞穴深处传来一阵愤怒的吼声："你不许进来！出去！"

卡塔被突如其来的吼声吓了一跳，赶紧退了出来。他不知如何是好，在洞口徘徊了许久，失落地向远处走去，独自狩猎去了。

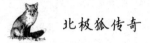

　　这个季节，正是雏鸟在鸟巢里陆续孵化出来的时候，卡塔很喜欢这个季节，因为捕捉雏鸟是他的拿手好戏。在捕雏鸟之前，卡塔会先爬到悬崖顶部，从悬崖上面，他能很轻松地从顶部跳到峭壁中间的鸟巢中，叼起巢中的雏鸟，再跳回地面上。这样做其实非常危险，一不留神就会摔下来受伤或摔死，只不过卡塔身手敏捷，所以从没失过手。

　　卡塔叼着一堆辛辛苦苦捉来的雏鸟回到自家的洞穴，温柔地呼唤妻子瑞格的名字，并把猎物放在洞口。他还特别把猎物往洞里推了推，没想到，没推进多少，洞穴里就传来妻子严厉的吼声。那声音明明白白地告诉卡塔，他不能再继续向前走一步了。

　　尽管这段时间，卡塔已经习惯了妻子的吼声，但是，如此严厉的吼声还是让卡塔吓了一跳，他连忙放下猎物，转身逃离了洞口。

那天晚上，卡塔回来一看，放在洞口的猎物还在，妻子压根没有出来食用。卡塔只好守住洞口，迷迷糊糊地睡了过去。第二天早晨，当卡塔醒来时，却发现猎物不见了，显然是瑞格在夜里悄悄出来拿走了。瑞格没有拒绝自己的猎物，卡塔很是开心。

卡塔很高兴事情有了转机，他心情轻松地外出狩猎，捉到猎物就送回洞口，瑞格也是毫不客气地吃掉那些猎物。卡塔只要知道妻子不拒绝他送的食物，就会开心地离开。

尽管瑞格不拒绝卡塔送来的猎物，但也不让卡塔与自己见面，依旧躲着卡塔，这让卡塔心中充满疑惑。他相信妻子这样做一定是有原因的，相信时间会给他一个想要的答案。

转眼就到六月底了，此时的北极地带已经到了漫长的白昼季节。

这一天，卡塔捉到一只雪兔，连忙叼着往自家的洞穴跑去。他小心翼翼地走进洞穴深处，突然，听到黑暗之中传来阵阵微弱的叫声，这种声音让他兴奋起来，叼在嘴里的雪兔一下子掉在地上，他终于明白这些天洞穴里究竟发

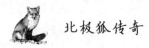
生了什么事了，也理解了妻子为什么会那样对待他。卡塔激动地望着瑞格，这时，瑞格也正看着卡塔，眼睛里充满柔情。

原来卡塔当爸爸了！生活开始了新的篇章。

 灵犀一点

　　怀孕的瑞格对卡塔的态度变得有些不好，因为母亲往往都会担心孩子受到他人侵害，都会把保护孩子当成最重要的事。这也是母爱的一种表现。

第五章　智取猎物

当上爸爸的卡塔需要捕捉的猎物更多了，他能够满足全家人的食物需求吗？

当卡塔被妻子允许回到洞穴，回到瑞格与孩子们身边时，他的那些孩子们刚刚开始睁开眼睛。生活又多了许多乐趣，卡塔感觉很幸福。

从这天晚上开始，卡塔又可以与妻子以及刚出生的小宝贝们一起在洞穴里睡觉了。白天，瑞格和卡塔轮流在洞穴里照看着自己的小宝宝，另一个则出去晒太阳，或者捕猎。

这个看上去有些荒凉的海岛，并不是一个理想的生存之地，这里危机四伏，一不留神就会遇到自己的天敌。

在卡塔看来，这里虽然不是理想的栖息地，却也充满

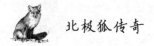

着乐趣。在有柳树和草丛的地方，北极鼠常常出现，山丘上的野兔也十分活跃。海边，成群成群的海鸟飞来飞去，而且在岸边茂密的草丛里还居住着鸭子和大雁。山的高处和那些松软的地方以及悬崖上，也住着数不清的不知名的小鸟。每年五六月份，各种鸟类开始繁殖。在这样的季节里，卡塔一家的食物从来没有短缺过。

当然，岛上并不全是美食，还有北极狐的天敌——白狼夫妇也生活在这里。这对白狼是卡塔一家最大的敌人。白狼的窝就筑在山里，他们时常到处跑来跑去，卡塔一家尽量避免与他们相遇。此外，这里还居住着狼獾，这也是让卡塔一家感到恐惧的动物。

不只如此，这里还有一种大型动物——北极熊，其中有只名叫纳努夫的北极熊常常从海里游过来。只要纳努夫一来，岛上所有的动物都会跟着遭殃，很多动物会成为他嘴里的美食，海边的鸟巢会被他捣毁，搁浅在海边的鲸鱼也会被他毫不客气地吃掉。

北极熊纳努夫只要上岛，就会摇晃着他那巨大的身躯，缓慢但又疯狂地吞食着岛上的猎物。他的胃口很大，那贪婪的吃相十分粗野，一点都不文雅，叫人望而生厌。

山坡上的草丛里还有两三头长着长长的鹿角的驯鹿，他们步履缓慢，但要想把他们当成食物可不容易，因为他

们的体形对北极狐来说实在太庞大了。

　　事实上，岛上还有许多可以猎捕的动物，卡塔对不同的动物有着不同的捕猎方式。捕捉北极鼠的时候，卡塔会事先偷偷地钻进北极鼠喜欢隐藏的草丛中，随后抬起前腿站立，假装一动不动地向四周张望。这个样子常常会把北极鼠迷惑，他们会放松警惕，潜入草丛。过了一会儿，身边浓密的草丛开始摇动，卡塔知道北极鼠钻进草丛了，而钻进草丛的北极鼠由于草木的遮挡是看不到卡塔的。这时，卡塔就会猛然跳起来，迅速按住摇动的草丛。自然，草丛下面肯定会有一只倒霉的北极鼠被卡塔紧紧地按住。

　　这时候，卡塔就会伸出自己尖利的牙齿，一下子把草丛中的北极鼠咬住，只一下就会把北极鼠的喉咙咬断，这只北极鼠也就只能由着卡塔摆布了。

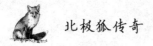

　　这个岛上北极鼠的数量极多，卡塔只需要用这种非常简单的办法，就可以轻松捉到他们。不过，捕捉兔子可就没那么容易了。

　　北极兔的鼻子和耳朵超级灵敏，奔跑速度也非常快，一般小动物望尘莫及，就连健壮的卡塔想要捉到他们也不容易。但是，北极兔有个致命的弱点，那就是他们总是喜欢长时间地、固执地蹲在一个自以为没有敌人的地方。

　　当卡塔远远发现一只北极兔蹲在一个地方时，他立刻收敛起自己的狂喜，然后装作若无其事的样子，大模大样地朝兔子走去。而兔子看到毫不隐藏自己的狐狸那不慌不忙的样子，常常错误地以为狐狸并没有发现他，这就是兔子的天真之处。于是，兔子会继续蹲在原地不动，而他在狐狸眼里简直就是傻到家的小可爱。

　　狡黠的狐狸就这样在兔子面前走来走去，来来回回好几个回合，兔子在心理上越来越放松，卡塔则一次比一次靠近兔子。当卡塔通过目测感觉很有把握抓住目标时，就会迅速转过身来，朝兔子猛然扑过去。而在此刻，兔子想逃跑，往往已经来不及了，他很快就会成为卡塔一家的盘中餐了。

　　当然，兔子也不是没有别的逃跑办法，不过卡塔的办法也会随之改变，而且变得更为巧妙，所以当北极兔碰到卡塔时，要想逃命也不是一件很容易的事。

　　通过猎捕北极兔，我们可以看出北极狐的聪明伶俐。但是，天外有天，岛上还有比卡塔更聪明的动物呢，那就是雷鸟妈妈。

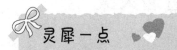

灵犀一点

　　卡塔会根据不同动物的特点，选择不同的捕猎方式。知己知彼，才能百战百胜。

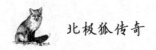

第六章　遭遇天敌

1

卡塔遇到一只雷鸟，卡塔能顺利捉到他吗？

七月的一天，卡塔发现了雷鸟的一家。

雷鸟也是一种非常灵活的物种，雷鸟妈妈刚刚发现卡塔的身影，立即发出尖厉的叫声，提醒自己的孩子们要赶快藏好。小雷鸟们隐蔽好之后，雷鸟妈妈故意趴在卡塔的眼皮底下扇动着翅膀，一副飞不起来的样子。

卡塔以为机会来了，便朝雷鸟妈妈猛扑过去，但是，雷鸟妈妈将身体轻轻地一闪，就躲到另一边了。之后，雷鸟妈妈继续扇动着翅膀，好像很勉强的样子。

卡塔再次向雷鸟妈妈扑去，雷鸟妈妈再次闪到一边。这样来来回回好几个回合，卡塔始终没有得手。卡塔不甘心，继续追赶着雷鸟妈妈，而聪明的雷鸟妈妈一点一点将卡塔引离她的窝附近，不动声色地就把卡塔从孩子们的身边引开了。等到确信自己的孩子安全了，雷鸟妈妈会猛然腾空而起，迅速飞向天空，留下卡塔独自在原地发愣。

卡塔注视着雷鸟妈妈飞向远方的背影，他不明白雷鸟妈妈刚刚看起来还是受伤的样子，怎么会突然飞上天空呢？

卡塔不知道，这就是雷鸟妈妈的智慧。她先是故意装作受伤的样子，在地上扇动着翅膀，引诱卡塔扑上前。当把卡塔引离他们家时，雷鸟妈妈再飞上天空，绕一个圈子，重新回到小雷鸟们的藏身之处，与自己的孩子们

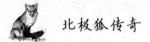

会合。

有一天，卡塔嘴巴里叼着几只北极鼠回家，远远看到瑞格带着孩子们在洞穴门口晒太阳，那画面十分温馨。卡塔心中一热，深情地注视着自己的孩子。小家伙们个个都长得胖嘟嘟的，略带青色的皮毛，像老鼠一样倒三角的脑袋，还没长长的尾巴，看起来一点都不像狐狸，只有他们那闪亮的眼睛跟他们的父母极为相似。

刚一看到自己的父亲，小狐狸们似乎有些害怕，慌忙钻进母亲的肚子底下。卡塔来到瑞格身边，把叼着的北极鼠放下，瑞格咬住了其中一只北极鼠。看到母亲这样做，小家伙们才从母亲肚子底下跑出来，也学着母亲的样子，接二连三地看着其他北极鼠。他们步履蹒跚的样子十分可爱。卡塔夫妇希望这些小家伙们快些长大，卡塔愿意将自己一身的捕猎本领传授给他们。

小狐狸们扑到北极鼠身上，却不知道如何处理他们，只是用嘴叼着来回摇晃着脑袋。他们还不会吃猎物，只是学着母亲的样子将食物含在嘴里玩着，这让他们无比开心。

这是小狐狸们开始学狩猎的第一步——把猎物叼在嘴里玩耍。

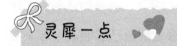

灵犀一点

小小的雷鸟能够躲过卡塔的捕食，靠的是智慧。在自然界中，要想成为赢家，光有力量是不够的，还必须善于学习，勤于动脑。

2

卡塔也有自己的天敌。尽管他很小心，有一天，他们还是相遇了。

有一天，卡塔来到广阔的海边寻找食物。走着走着，他猛然间感觉到好像有什么动物在盯着自己。卡塔连忙向四周察看，发现在他身边不远处高高的草丛中有一只野兽，是只卡塔从未见过的野兽。这只野兽比卡塔大得多，头和背部都覆盖着灰色的皮毛，身上的其他部位则全是白色。

卡塔停下脚步，他紧盯着那只野兽。这家伙宽阔的后背和隆起的双肩显得非常强壮。他的眼睛里闪着黄色的光，眼神里透着一股凶狠的气息，这气息让卡塔感觉到了威胁。无论怎么看，这家伙都不是一个和善的动物。卡塔后背的毛本能地竖了起来，他感觉到自己可能不是那个家伙的对手，准备随时逃命。只思考了一瞬间，卡塔就转身飞快地跑了起来，那野兽从草丛中跳出来拼命地追赶着卡塔，卡塔更是没命地跑起来。

其实，这并不是什么怪物，而是岛上不知从哪里移居过来的白狼，只不过卡塔第一次与他碰面，还不认识他而已。

白狼的后腿很长，若是在雪地里，他也许早就追上卡塔了。幸好现在是在海边，地面有些松软，让白狼使不出全身的气力。卡塔飞跑着，四条腿像长了翅膀一样，转眼间就把白狼远远地甩在身后。

卡塔对自己的奔跑速度还是相当自信的，他继续向前

跑着，希望能把白狼引得离自家的洞穴远一些，让自己的
妻子和孩子能够安然无恙。卡塔引诱着白狼不停地转着圈
子。可是，意想不到的事情发生了，不知为何，瑞格突然
出现在自家洞穴附近的山丘上。

原来，瑞格看到卡塔奔跑，以为他在追赶野兔。可
是，当她站在山丘上，发现白狼在追赶卡塔时，不由得倒
吸了一口凉气。瑞格不知卡塔引诱敌人的用意，如果事先
知道是这样，打死她也不会出来观战的。此时，白狼也看
到了瑞格，他立刻转身向瑞格所在的位置猛扑过去。

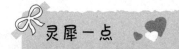

灵犀一点

    卡塔借鉴了雷鸟的方法，用计引诱敌人离开自
己的地盘。生活中，我们要学会虚心学习别人的优
点，借鉴他人好的方法，活学活用。

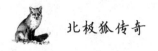
第七章　幸福的一家

1

　　白狼发现了卡塔的洞穴，他们一家能躲得过白狼的袭击吗？

　　受了惊吓的瑞格一时慌乱，竟然慌不择路朝自己的洞穴方向跑去。

　　她慌忙钻进洞穴，白狼尾随其后，很快也来到洞穴门口。随即，白狼使出全身的力气，开始挖掘他们的洞穴。

　　远处的卡塔看到这一幕，心急如焚。他只能眼睁睁地看着白狼破坏他们的洞穴，却无能为力，什么都不能做。

　　洞穴里的瑞格和孩子们早已被疯狂的白狼吓得缩成一

团。洞穴外，卡塔的心都要碎了。

洞穴入口处的土中掺着沙子，很松软，所以白狼很快就把土给挖开了。瑞格闭上眼睛，等待着死亡的到来。不知过了多长时间，瑞格发现白狼并没有进来，睁眼一看，发现白狼被洞穴入口处的两块大岩石挡在了外边。白狼怎么也移不动那两块巨石，毫无疑问，那两块石头救了瑞格和孩子们！

瑞格暗自庆幸自己的英明，幸好当初选择了这样一个地点，如今能够逃过白狼的利齿，说明自己作为一个母亲还是比较聪明的。

白狼发疯似的咬着岩石，可是任凭他怎么用力，岩石依然纹丝不动地立在那里。看到白狼进不了洞穴，卡塔这才松了一口气。

确定自己的妻儿没有了危险的卡塔，俯卧在高高的山

丘上，看着白狼大咬岩石，他感觉就像闹剧一样可笑。

白狼抓咬着岩石，使出了浑身解数，依然没有得逞。已经累得筋疲力尽的白狼，感觉肚子饿了，只好悻悻地离开洞穴，去寻找那些不怎么费力就能捕捉到的动物，很快填饱了肚子。此后很长一段时间，白狼没有再出现在附近或海边。

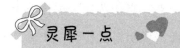

灵犀一点

　　除了力量和心计，巧妙地利用有利的客观条件，也是保护自己的有效办法。

2

　　鳟鱼是狐狸很难捉到的美食，但是有一天，卡塔竟然叼回家一条，他是怎么捉到的呢？

　　辽阔的北极海面上，还有一些让卡塔垂涎三尺的食物，譬如鳟鱼。北极鳟鱼时常跃出海面，这种鱼的肉质非常鲜嫩肥厚，但因为浑身光溜溜的，所以很不容易抓到。

六月的一个清晨，天气晴朗，风平浪静，空气清新得叫人心醉，卡塔来到海边。一只白海鸥正在海面上悠闲地四处眺望，来回飞着。卡塔目不转睛地盯着海鸥的身影，开始打起那只海鸥的主意。

不一会儿，海鸥展开长长的翅膀在空中停住不动了，随即头朝下，猛然扎进水里，顿时水花四溅。当那只海鸥从水里钻出来的时候，嘴里叼着一条肥硕的鳟鱼。这条鱼大得让海鸥几乎都不能像往常一样矫健地飞翔了。但是，海鸥可不想轻易放弃自己好不容易才捉到的美食，他叼着那条大鳟鱼，使出吃奶的力气将其向水面上拖去。海鸥十分清楚，如果不把鳟鱼拖离水面，鳟鱼就会扭动着身子，趁机逃脱，如果那样，海鸥自己也有被鳟鱼拖进水里淹死的可能。

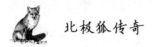

海鸥拽着沉重的鳟鱼，很快到达岸边。离开水不能呼吸的鳟鱼还在做最后的挣扎，试图逃出海鸥的尖嘴，回到大海。只是，他已失去了反抗的机会，因为海鸥转眼间已经将那条鳟鱼拖到离海水较远的沙滩上了。

海鸥长长地松了一口气，因为他知道，只要到了海滩，鳟鱼就是插上翅膀也难以逃出他的手掌心了。可是，正当海鸥喘着粗气休息的时候，卡塔突然冲了过来，海鸥惊恐万状，情急之下扔下鳟鱼，迅速飞上天空。

卡塔向那条鳟鱼扑去，轻而易举地抢走了海鸥的猎物。卡塔一口气跑到一个无人打扰的地方，美美地享用起这难得的美味。

海鸥在空中看着这一切，气得尖声吼叫着，却无可奈何。卡塔自己填饱肚子之后，才叼着剩下的大半条鳟鱼，朝家的方向跑去。

像往常一样，卡塔一回到洞穴，妻子和小家伙们就会兴奋地、叽叽喳喳地跑出来迎接，每当这个时候，卡塔都会感觉十分幸福。每天回家有家人迎接，这成了卡塔最开心的时刻。

"小家伙们，美味来了！"卡塔叼着鳟鱼，一进到洞穴就大声嚷嚷起来。

小家伙们听到父亲的声音，争着跑出来迎接他，你推我操，好不热闹。

卡塔心情不错，故意逗着孩子们玩耍。他把鳟鱼放下，没等小家伙们扑上去，又高高地举了起来。小家伙们仰着小脸，期待地望着父亲嘴里的美食，嘴里"嗷嗷"叫着，别提多有趣了！卡塔不忍看到孩子们那饥饿的眼神，连忙把鳟鱼放到地上，小家伙们立刻朝着鳟鱼扑去，你争我抢，互不相让。

卡塔和瑞格微笑地看着这些高兴坏了的小宝贝们。

鳟鱼转眼就被小狐狸们瓜分完毕，小家伙们填饱了肚子，重新围在父母身边，这一家人别提多幸福了。

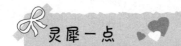

灵犀一点

会借力也是一种能力。虽然狐狸自己很难捉到鳟鱼，但他会间接地从海鸥嘴里抢到这样的美味。

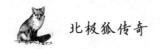

第八章　分离时刻

小狐狸们长大了，卡塔夫妇决定让他们独立……

日子一天天过去了，小狐狸们慢慢长大了。

瑞格在生产前，曾在洞穴旁边埋藏了许多北极鼠，那些北极鼠现在仍然埋在冰冻的地底下，完好无损。

小狐狸们会跑了，他们开始自己找食物吃。小家伙们先是在窝的周围刨小坑玩，刨着刨着，就会惊喜地发现有些美味的北极鼠藏在那里。那些北极鼠正是瑞格生产前埋藏在那里的。

现在，卡塔一家过着平静的幸福生活，他们有充足的食物和温暖的阳光。卡塔、瑞格以及他们的孩子们，每天都能把肚子填得满满的，除了吃就是玩，感觉非常快乐。

当然，这个季节也不是天天都是艳阳天，偶尔，北极地带也会狂风大作，这倒给原本平静的生活增添了许多乐趣。所以，偶然的坏天气并不影响卡塔一家的好心情，相反，这样的天气里，他们会感受到大自然变幻莫测的神奇。

小狐狸们的身体逐渐强壮起来，他们之间的争斗也越来越激烈。小时候，他们之间的嬉戏撕咬还不会给彼此造成伤害，但是现在，他们的牙齿日渐锋利，像小时候那样互相撕咬玩耍，一不小心就会给彼此的身上留下伤痕。当然，这是他们的本能决定的，他们就是要利用互相撕咬玩耍的游戏，来锻炼自己的捕猎技巧。

卡塔和瑞格远远地看着孩子们激烈的争斗，不约而同地想到一个问题：该是让孩子们独立的时候了。孩子们大了，卡塔夫妇不用再留在家里守护自己的宝贝了。他们仍

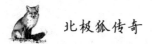

然一起出去狩猎，每天带回家许多猎物。不过，卡塔夫妇不再像过去那样把猎物放在洞穴旁，而是把带回来的猎物放在远离洞穴的草丛里，或者把猎物埋藏在草丛下面的地下。小狐狸们想要吃东西，就必须先找到猎物。

其实，这是狐狸父母锻炼小狐狸们寻找食物的一种办法，他们通过这样巧妙的方式，让小狐狸们学会寻找猎物，提高他们自立的能力。

夏天快要结束的时候，猎物逐渐多了起来，在这个季节里，雏鸟、北极鼠、土拨鼠们都长大啦！卡塔能捉到很多长得肥肥胖胖的北极鼠。现在，他每天都要外出狩猎十多次，除了把肚子填得鼓鼓的，还把那些猎物当成游戏道具，深埋在地下，而且埋藏地点离自家的洞穴越来越远。这样做是为了不让小狐狸们轻松找到猎物，因为小狐狸们捕捉猎物的本领一天比一天强了。

同样，瑞格也像卡塔一样，每天重复着相同的动作，夫妻俩总是不谋而合。

在挖洞埋藏食物的时候，一直要挖到冻土层，冻土的低温可以让埋藏的食物保鲜，使其不会腐烂变质。埋好之后，还要留下自己的气味作为记号，既是为了让自己以后能够顺利找到食物，又好像在警示其他动物：这是我埋藏食物的地方，不要到附近来！夜里开始降霜了，天气变得有些冷，偶尔天空中也会有雪花纷纷扬扬地洒落下来。一到九月，这个海岛的颜色开始变得丰富多彩起来，绿草开始变成了深褐色，山莓、橘子以及各种叫不上名字的果实全部红透成熟了，远远看去很是诱人。卡塔和瑞格开始摘这些果实充饥了。

现在，卡塔夫妇仍然跟小狐狸们住在一起，雄狐狸崽儿已经长得比母亲都高大了，他们甚至学会了抢夺母亲的食物。这样的胡作非为已经到了让人无法忍受的地步。

卡塔身强体壮，当小狐狸们扑上来抢他的食物时，他就会追上去咬他们，小狐狸们则四处逃散，一家人打得不可开交，家里不再像小狐狸们小的时候那么温馨了，被搞得乱七八糟。

卡塔夫妇知道，他们和孩子们必须要分开了。

还在夏季时，成年的北极狐的皮毛颜色是灰黑色的，小狐狸身上的皮毛则是那种带有蓝底的浅灰色。九月份，成年狐狸们的皮毛颜色逐渐有了变化，开始变浅变淡。进入十月份之后，所有狐狸的皮毛都变成了像雪一样的白色。这是大自然赋予他们的，可以随着四季的变化自由变换的美丽的保护色。

十月份，北极地带漫长的黑夜到来了。在这漫长的黑夜里，卡塔夫妇与孩子们终于分开了。

卡塔和瑞格也不再回到原来他们的那个家，那个曾经见证了卡塔一家快乐生活的洞穴，很快变成了废弃的土洞。

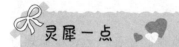 灵犀一点

在所有的教育中，唯有父母对子女的教育是以分离为终结的。子女越早独立，说明父母对子女的教育越成功。

第九章　留守夫妻

北极地带的冬季开始了，许多动物开始向南迁徙，卡塔夫妇会怎么选择呢？

十月末，北极地带进入严寒的冬季，海面上结了厚厚的一层冰，岛上到处都是一片银白色的冰雪世界。

山上那些群居的驯鹿开始了他们遥远的南方旅行。天空中也热闹起来了，鸟儿们开始忙着向南迁徙。野兽们也沉不住气了，开始躁动不安起来，因为岛上可吃的食物越来越少了。

对于狐狸来说，他们的选择却不是统一的。那些比较瘦弱的狐狸会选择跟驯鹿一样，成群结队地向南迁移，他们一边寻找食物，吃掉路过的一切能吃的东西，一边继续前进。有的狐狸会迁徙到北极最南端的哈德逊湾附近，那里离

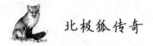

北极地带非常遥远。等来年春回大地的时候，那些狐狸再各自寻找出路，有的在异乡的土地上死去，有的也不一定重新回到北极地区，幸存下来的狐狸大多不知去向。

卡塔夫妇一直很矛盾，在留与守之间徘徊不定。从内心来说，他们是很想去南方的，但是又担心路途遥远，再也没有机会回到这里，所以他俩一直犹豫不决。最后，他们选择留守家园，毕竟这里有着太多太多值得他们留恋的东西——有夏天埋藏的食物，有自己亲自挖掘的洞穴，有一家人在一起时的温馨记忆。而温暖的南方遥远得就像一个符号，难以捉摸。所以，他们最终决定不跟随大多数狐狸南迁，而是留在冰封地冻的北极地带。

选择留下来，就意味着他们要面临诸多严峻的挑战，苛刻的大自然在这个时候显得冷若冰霜，毫无热情。他们要想活下来，就必须想尽一切办法，让自己适应这个环境。

首先，卡塔和瑞格决定分开，独自度过严酷的冬天，这是本能指引他们做出的选择。因为在艰难时刻，本应由一只狐狸吃的食物，如果被两只狐狸来分食，那么就有可能两只狐狸同时都被饿死。

卡塔又开始了单身生活，在这个饥寒难耐的冬季，卡塔的智慧再一次派上了用场。

有一天，北极熊纳努夫摇晃着笨重的身躯，摆动着脑袋往前走着。卡塔看他笨拙的样子十分有趣，就想知道，这个大家伙大摇大摆的要去干什么。在好奇心的驱使下，卡塔悄悄跟在这只北极熊的身后，想看个究竟。

看似笨拙的纳努夫其实灵敏得很，他很快就发现了跟在自己身后的卡塔，他很不喜欢被跟踪。于是，纳努夫忽然转过身来，朝着卡塔猛扑过去。卡塔连忙逃跑，纳努夫毫不犹豫地紧追其后，好在卡塔身子灵巧，跑得比较快，纳努夫很快就被卡塔甩在后面了。

卡塔惊出一身冷汗，觉得自己的好奇心有些太强了，这样的玩笑开得有点冒险。不过，看到比自己强壮的北极熊追不上自己，卡塔感觉非常有趣。

北极熊还是没有放弃，他们俩就这样一前一后地走

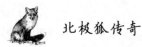
着。过了一会儿，纳努夫的举止变得有些怪异起来，卡塔看到他轻轻地摇动着长长的脖子，张开黑黑的鼻孔，脸颊上的毛倒竖起来，眼睛紧紧盯着一处冰原。冰原那边尚未结冰，流淌着像河水一样细细的水流。纳努夫停下脚步，猛地伸了个懒腰，然后把后背高高地隆起，那样子十分可怕。

卡塔不敢继续向前，他吓得赶紧逃开了。纳努夫抽动着鼻子，继续向前走去。

这时，一股美妙的气味传到卡塔的鼻子里，他嗅了嗅，忍不住回过头来，然后再次悄悄跟在纳努夫的身后。

没过一会儿，纳努夫突然停了下来，开始匍匐前进。这时候，卡塔一下子发现了纳努夫的目标——在还没完全结冰的海水附近，躺着一只肥肥的海狗。

灵犀一点

　　卡塔夫妇决定留在北极，严酷生存环境的考验，增加了他们的智慧，锻炼了他们的毅力。

第十章　艰难度日

　　留在北极的卡塔，日子越来越艰难，因为可吃的食物太少了。

　　卡塔是吃过海狗肉的，那是去年春天的事了。当时，卡塔在海边发现了一只已经死了很久的海狗，饱餐了一顿。不过，现在面前的可是活生生的海狗，卡塔想，这只海狗的味道一定比去年吃的死海狗要鲜美得多。想到这里，卡塔的口水都要流下来了。卡塔耐心地等待着，想捡个大便宜，他一向喜欢这样，就像从海鸥嘴里抢走鳟鱼那样。

　　纳努夫行动缓慢，他摇晃着身子，悄然爬行，尽量把身体隐藏在海面上隆起的冰雪后面。纳努夫把身体紧紧贴在雪平面上，就像粘在了冰面上一样。

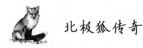

对面的海狗把头抬了一下，纳努夫立即就不动了。他那白色的身体就像是一块巨大的白色岩石，或者是一块巨大的冰块，让人无法分辨。

纳努夫继续一点一点向前爬行着，海狗不停地转动着身体，变换着方向，当他把头转向纳努夫时，纳努夫就立刻停止前进，一动不动地开始伪装。

当海狗再次变换方向，背对着纳努夫时，纳努夫就又立刻向他靠近，快速地爬到前面小雪山的背后等待时机。

终于，纳努夫离海狗越来越近了，当近到可以一个箭步扑过去的时候，纳努夫敏捷地像弹簧一样跳了起来，猛地扑向海面上的海狗。可怜的海狗还没来得及反应，就被纳努夫牢牢地控制住了。

纳努夫叼着海狗，把他从海水边拖开，接着使出自己的撒手锏，举起巴掌向海狗猛然一击，一掌便要了海狗的性命。这时，纳努夫才安心地坐下来，享用起这难得的美食来。

海狗的香味飘了过来，卡塔抽抽鼻子，口水真的流了下来。可是，他只能眼睁睁地看着纳努夫大吃特吃，没有胆量过去跟纳努夫抢食，生怕连自己也成了纳努夫的食物，那就得不偿失了。

卡塔在盯着纳努夫的时候，不知从什么地方飞来两只大鸟，他们肯定也是被海狗的香味吸引来的。他们的目标和卡塔一样，都在等待机会尝尝海狗的肉。纳努夫直到把肚子填得饱饱的，才叼着剩下的海狗肉走了，海狗的内脏和骨头散落一地。

纳努夫一离开，两只大鸟立刻飞了过去。卡塔也马上跳出来，迅速扑过去，把海鸟赶跑了，剩下的美味残渣总算让卡塔把肚子填饱了。

天气越来越冷了。海面上的冰已经冻得结结实实的，海狗也不再从冰洞里钻出来，卡塔再也碰不到捡拾残渣剩饭之类的好事了。纳努夫已经离开了北极，对留在北极的动物们来说，真正严峻的时刻到来了，冰面上凡是能找得到的食物全都被吃光了，到处是白茫茫的一片。

卡塔的肚子早已经饿得瘪瘪的，他饿得两眼直冒金星，已经两天没有找到一点能吃的东西了。他每天艰难地

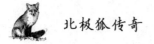

四处寻找食物，盼望着这个寒冷的冬季快些结束。

瑞格此时的处境也比卡塔好不到哪儿去，她在距离卡塔很远的地方，也忍受着饥饿的折磨，这使她更加怀念卡塔为她打猎的岁月。尽管他们互相思念着，但是严峻的形势逼迫着他们必须分开生活，这也是本能指引他们做出的选择。

暴风雪的日子渐渐多了起来，卡塔和瑞格在北极的严寒之中忍受着饥饿与寒冷的双重折磨，他们的忍耐力差不多已到了极限。

在冰面上焦虑地四处走动，是饥饿的卡塔常有的行为。尽管这时已经没有什么能填饱肚子，但饥肠辘辘的卡塔并没有气馁，依旧不停地在冰面上走动。因为他知道，如果他停止不前，只有一条路可走，那就是等待死亡的到来。

眼前是白茫茫的世界，耳朵里听到的只有怒吼的风声。风一停，四周就会安静得令人恐怖，只有身处北极地带，才能体会到什么叫死沉沉的寂静。

在空旷的北极地带，卡塔漫无目的地前行着，没有目标，没有尽头。他的鼻子就像雷达一样，不断地校正着自己的方向。

多数情况下，卡塔选择逆风而行，他一边前进，一边左右耸动着鼻子，分辨着寒风传递过来的气息。那些气息有冰的味道，有微弱的海水的味道，还有岩石的味道，卡塔朝着岩石气味的源头走去。

岩石的气味在卡塔的脑海里留下了深刻的印象，因为这种气味是卡塔十分熟悉的味道。

卡塔在冰雪世界里转了一个大圈子，又回到了大山，然而漫山遍野被冰雪覆盖的大山，同样见不到一点活物。曾经是北极鼠群居的这块土地，现在呈现出死一般的沉寂，冰雪覆盖了一切。卡塔回到了熟悉的故乡，那些曾经熟悉的小动物们却都不在了，全都没了踪影，卡塔的心里变得像周围的环境一样凄凉。

北极的月亮慢慢爬上来了，整座大山被照得轮廓分明，周围什么也没有，只有卡塔走路时窸窸窣窣的声音。

卡塔走到一处洼地，突然，他的鼻子猛烈地抽动起来。他停下脚步，因为他闻到了熟悉的味道。他兴奋地朝发出气味的方向跑去，到了一个地方，他停了下来，开始用前爪刨地上的冰雪。雪很快被刨开了一个口子，下面的土露了出来。

卡塔拼命地挖呀挖，原来，这块土地上散发出来的正是自己夏天埋藏的北极鼠的味道。卡塔欣喜若狂，加快了动作。

正当卡塔专心挖着土层时，远处突然传来一些响声，这让卡塔吃了一惊。

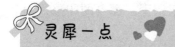

灵犀一点

在冰天雪地的北极，生存成了最严峻的考验。卡塔没有气馁，忍受着饥饿，继续在这里留守。对于坚强的人来说，恶劣的环境更能磨炼他的意志。

第十一章　危险旅行

祸不单行，就在卡塔饥寒交迫的时候，他又遇到了白狼，卡塔能够逃脱白狼的追击吗？

卡塔把已伸进土坑里的脑袋缩了回来。他惊恐地朝发出声音的方向望去，白雪皑皑的地上好像有什么东西在移动。这个东西只有眼睛和鼻子是黑色的，身上其他部位都是白色，如果不仔细瞧，与周围的环境根本分不清楚。

这个时候会有谁来到这里呢？卡塔快速地转动着脑袋，猜不出是敌是友。他的疑虑很快有了答案，因为他嗅出了风中传来的熟悉的气味——那是他日思夜想的妻子瑞格身上特有的味道。

卡塔正迟疑间，瑞格带着满脸思念的神情快速向卡塔这边跑了过来。他们用炯炯有神的目光互相问候着对方，

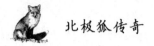

用鼻子互相嗅着对方，表达着彼此的思念。

片刻，卡塔又回到刚刚才挖掘的土坑那里，把埋藏的猎物挖了出来。他刚想独自开吃，瑞格靠了过来，嘴里哼哼唧唧，像是在撒娇。

卡塔立刻明白了妻子的意思，他不好意思地低下头，邀请妻子共同享受美味。瑞格毫不客气，把头伸进土坑，和卡塔一起吃起了被挖出来的猎物。

这个坑里一共埋藏了十多只北极鼠，卡塔和瑞格一直吃到肚子饱饱的才停下来。

填饱了肚子的卡塔和瑞格又各奔东西了。这次卡塔打算向北走，他很快穿过大山，来到海平面的冰上行走着。

卡塔一直向北走，打算到北面的海边去看一看。当卡塔到达海边时，太阳已经沉下去五次了。卡塔眼前的海面非常辽阔，只是像其他地方一样，找不到能吃的东西。

自从上次吃过以前储藏的北极鼠后，整整五天，卡塔再也没有吃过任何东西。

卡塔来到一个非常陡峭的山崖，然后伏卧在雪地上，凝视着眼下这片陌生而广阔的土地。不知不觉，风向变了，随之飘来了一种气味让卡塔吃了一惊。卡塔身上的毛不由自主地耸立起来，因为钻进鼻子里的气味明明白白地告诉他，那是狼的气息！

卡塔紧张得一动不动地趴在雪堆里，好在他通体雪白，隐蔽在雪地里，敌人也很难把他和周围的环境区分开来。

卡塔长时间趴在那里不敢轻举妄动，一直高度紧张地观察着周围的动静。他感到自己疲惫不堪，眼睛和鼻子由于长时间紧张地抽动，也变得不那么灵敏了。

在远处的山丘上出现了一个灰色的东西，卡塔判断的没错，果然是狼。

卡塔的心开始颤抖起来，夏天那只白狼挖掘自家洞穴的恐怖情景闪现在眼前。现在，如果在雪地上和白狼比赛跑步的话，卡塔感觉无论如何都不可能甩掉长腿狼的追击了。卡塔意识到自己危机四伏，强打精神悄悄站了起来，他想逃离这个是非之地，想尽快摆脱那只狼带给他的威胁。

卡塔往前跑了一会，听到从远方传来流水的声音，再往前，流水声渐渐变大了。不久，卡塔眼前出现了一个大大的裂缝，原来，流水声正是裂缝里的海水流动时传出来的声音。

卡塔不停地越过冰的裂缝，连续跳跃了十几次之后，他的眼前出现了一个更大的裂缝，周围全是水，冰块在汹涌的水里漂浮着，卡塔再也不可能越过去了。

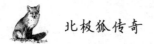

卡塔站在那里，心里充满了恐慌。他强烈地怀念海岛上自己的洞穴，被那只白狼一吓，现在他心里更加惶恐不安了。

但是，现在卡塔已经无法回到那个岛上了。

卡塔只好根据自己鼻子的指示，转向前面的方向。他谨慎地继续往前走着，在大岩石环绕的海峡，狼的气味似乎淡了许多，但是，另外一种强烈的气味飘了过来。卡塔熟悉各种各样的气味，现在他嗅到的那种强烈的气味，是最上等食物的气味。

卡塔心里一阵激动，他不知道自己有多久没吃东西了。于是，他不假思索地朝着气味发出的方向跑去。他在海峡顶部向下俯视，看到远处有他从未见过的许多东西。海边摆了很多像是用雪做成的又大又圆的馒头，在那些大馒头的顶部，有一些像鲸鱼一样能喷出水蒸气的东西，可是，这种像水蒸气一样的东西不是白色的，而是像土那样的纯黑色。

在那些"雪馒头"旁边，还有许多类似海狗的动物，在他们身边还有一些像用鳍尾站立着走动的大动物，更可怕的是，在那些类似海狗的动物中间，还有一些像狼一样走来走去的动物。

卡塔的身边充满了那种狼的气味。不过，令他疑惑的是，这种狼的气味与先前他遇到的狼的气味有些不同。

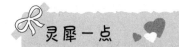

灵犀一点

　　除了饥饿，在北极留守的狼同样也对卡塔的生存构成威胁。面对险境，要学会保护自己，才能减少外来的伤害。

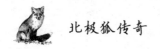
第十二章　卡塔之死

卡塔被狼追赶到一个从未见过的地方，没想到这里成了他的葬身之地。

就在卡塔迟疑不前的时候，他的肚子饿得更厉害了，"咕咕"叫着，向卡塔发出了强烈的抗议。

卡塔从海峡的高处慢慢爬了下来，悄悄躲藏在一个隐蔽的地方，一点一点向发出香味的方向移动过去。此时，卡塔已被饥饿麻痹了头脑，失去了平时的机警与灵敏，他控制不住自己对食物的渴望，哪怕危险也要过去。

卡塔总觉得那些雪馒头似的东西，就是用鳍尾站立走动的动物的洞穴。等他靠近一看，那些动物正频繁地进出那个雪馒头。

卡塔爬上一处高高的雪堆，然后从雪堆上向对面滑过去，几乎没怎么用力，他就顺利爬到了"雪馒头"的顶上。

"雪馒头"顶上立着一根长长的木棒，木棒顶端悬挂着的东西释放出一种诱人的香味。

卡塔再也顾不上那么多了，他用力伸长了身体，想把那串挂在木棒高处的东西拽下来。可是，就在这个时候，那些像狼一样的动物突然大声叫了起来："汪汪！汪汪！"狗的叫声彻底让卡塔惊醒了，他的饱餐一顿的美梦顿时破碎了。卡塔急忙转身逃跑，可是，他又累又饿，已经没有力气加速了。他摇摇晃晃地跑着，丝毫没有了往日像风一样的身姿。

卡塔跑进一处洼地，一条大狗已从后面追了上来。这条大狗和身材比卡塔大几倍，是巨型犬。

看到狗追了上来，卡塔知道无法逃掉了，干脆卧倒在地，四肢高高地举向空中，他的举动只是一种本能的反应，连他自己都吓了一跳。

大狗见到这个情形，也吃了一惊。因为对于狗来说，躺在地上把四肢举起来，就意味着绝对服从。这可是小狗玩的把戏，眼前这只像小狗一样的动物竟然还朝他做了一个邀请他一起玩耍的动作。

这条大狗是拉橇狗利塔，见卡塔诱惑他过去玩，立即

改变了主意。他原本打算追上卡塔就咬的，现在却和卡塔一起玩耍起来。卡塔忘记了还有其他危险的大狗，竟然继续配合大狗利塔玩了起来，完全没有意识到自己这是在玩火。

不一会儿，其他狗也跑了过来，这些狗一靠近过来，就向卡塔扑了上去。大狗利塔护着卡塔，不让那些狗靠近卡塔，而卡塔也紧贴着利塔，寸步不离。

"利塔，他是狐狸，把狐狸杀死！"后面追上来的那些大狗向利塔叫喊着，他们不停地咆哮着，声音犀利而恐怖。利塔禁不住同伴的唆使，他的态度一下子来了个一百八十度的大转弯，一个转身就咬向了卡塔。

卡塔想甩开利塔的扑咬，迅速地进行了反击。卡塔一口咬住了利塔的鼻子，利塔大叫着，想用力甩掉卡塔。但是，卡塔却死死地咬住利塔不肯松口。

最终，利塔还是把卡塔给甩开了。就在卡塔被利塔甩出去的一瞬间，另一条凶狠的大狗猛扑上去，把卡塔给咬住了。随后，其他大狗蜂拥而上，从不同方位撕咬着卡塔的身体，转眼间，卡塔就被撕成了碎片。

可怜的卡塔就这样被一群无情的大狗给吃掉了，这就是动物界最严酷的生存法则。此时，瑞格还不知道自己的丈夫已经死了，永远不可能再回到她的身边，与她团圆了。

就在卡塔被大狗们激烈地撕咬时，那几只像用鳍尾独立行走的动物，从冒着黑烟的洞穴里跑了出来。其实，这些动物就是人类，只是卡塔永远也不可能认识他们了。

那些人来到卡塔被咬死的地方，把那些狗赶到一边，有些生气地说："这只狐狸虽然个头不大，却非常有勇气啊！真是太可怜了！"卡塔的勇气没能救得了自己的性命。

在卡塔死后不久，山上的鸟儿又开始唱起悦耳的歌曲："春天来了！春天来了！"傍晚，寂静的山里传来一只北极狐寂寞的呼唤："卡塔，你在哪里？卡塔，回来吧……"那只北极狐是瑞格，她不停地喊着，那呼喊声在风里飘来荡去，回答她的只有冷冷的山风。瑞格到处走着，她不停地在路旁的岩石上留下自己的气味，那是留给

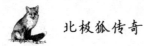

卡塔的信。

一天晚上，瑞格仍像往常一样，在一阵喊声过后，听到一只雄狐狸发出的声音。瑞格立刻向发出声音的方向跑去，但是，只要看到眼前的狐狸不是卡塔，她就会转身离去。

"咕噜噜——咕噜噜——"瑞格那寂寞的叫声在银色的月光下飘荡，在漆黑的山坳里回响着，让人动容，也让我们不由得想起她和卡塔刚认识时的温馨场景。

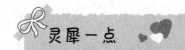

灵犀一点

　　动物世界遵循的是弱肉强食的法则，只有勇气而没有足够的力量，是不能保住自己的性命的。

第十三章　瑞格的新生

卡塔死后，瑞格到处寻找他的影子，但是卡塔永远听不到她的呼唤了……

北极的月亮爬了上来，挂在低低的空中，接着又沉了下去。

时光荏苒，海岛上的山峰又迎来了一个春天，这是北极地带最美的季节。

冬天的银装素裹换成了春天的绿意葱茏，各种各样的花朵竞相绽放，漫山遍野，五彩缤纷。

瑞格从冰雪世界又一次回到大山上，失去了卡塔的悲痛似乎也淡了许多。瑞格把主要精力放在捕猎上面，而极少去想卡塔。

又到了狐狸恋爱的季节，瑞格还是会在傍晚的微风里

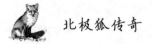

唱起北极狐特有的情歌。

"咕噜噜——咕噜噜——"

瑞格每天晚上都会唱着相同的歌曲，以排遣心中的寂寞。

有一天傍晚，瑞格爬上山峰，找到一个视野开阔、便于观望的地方。当昏黄的月亮爬上来的时候，瑞格欣赏着美丽的月色。这时，远处传来一阵令她激动的声音：

"咕噜噜——咕噜噜——"

声音尽管微弱，但仍能听出是强壮的雄狐狸发出的声音。

瑞格听到这种声音，就在原地趴了下来，那声音距离她越来越近了。

不一会儿，一只雄狐狸来到瑞格身边。瑞格"咕噜噜"地叫了一声后，就又趴在了地上。听到瑞格的叫声，雄狐狸立即跑了过来。可是，瑞格却躲开了。雄狐狸见瑞格在回避自己，就又叫了起来。这次，瑞格没有回应，只是摆动着尾巴，这种动作同最初与卡塔相遇时几乎一模一样。

接着，瑞格从躲藏之处走了出来，面向那只雄狐狸。

那只雄狐狸站在那里，注视着瑞格的一举一动。

瑞格小心翼翼地向雄狐狸靠近着，开始绕着圈子嗅那只雄狐狸身上的气味。雄狐狸同时也在嗅着瑞格的气味。

过了一会儿，瑞格似乎把雄狐狸的气味闻明白了，猛然张开大嘴，愤怒地恐吓着那只雄狐狸，龇牙咧嘴地想把那只雄狐狸赶走。

雄狐狸吓了一跳，看到瑞格如此不友善的表示，转身跑到远处的山坡上，很不甘心地坐了下来。

瑞格很是生气，她想把那只雄狐狸赶得远远的，可是当雄狐狸跑得更远一些的时候，瑞格又感觉自己有些无聊了。

雄狐狸远远地坐在山坡上，也是一副寂寞的样子。这个场景简直和当初遇到卡塔时一模一样。

雄狐狸再次唱起了情歌，很明显，他在召唤瑞格。瑞格小声地"咕噜噜"地回应了。瑞格的叫声虽然很小，但

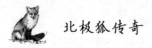

是这只雄狐狸听得一清二楚。雄狐狸一阵激动，连忙向瑞格的身边跑了回来。

此时的瑞格不再像开始那样凶了。雄狐狸彬彬有礼地缓缓靠过来，慢慢地，他终于与瑞格紧紧地挨在一起了。那一刻，瑞格有个错觉，以为卡塔又回来了。

瑞格与那只雄狐狸终于走到了一起，他们一起过着幸福的生活，就像当初跟卡塔在一起一样。北极地带的山崖间又出现了一对雪白的狐狸一起捕猎、一起奔跑的影子。尽管他们俩都完全不知道对方过去的历史，但他们很清楚：对于狐狸来说，独自生活在大自然中该有多么冷清和孤单啊！

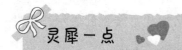

灵犀一点

瑞格重新组建了家庭，这是大自然告诉她的生存法则：配偶一方走了，另一方为了生活得更好，不得不重新找一个伴侣。因为无论是人还是动物，都需要爱的温暖。

狐狗乌里传奇

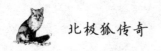

第一章　狐狗的特征

有一种动物既有狗的特征，又有狼的特性，同时还具备狐狸的特点，这种动物就是狐狗。

有一只可爱的小狗名叫乌里，他从小就生活在比奥特山庄。这个山庄并不大，位于英国的北部地区。

乌里本来有很多兄弟姐妹，但他的兄弟姐妹在刚出生不久，就被主人送到别人家去了，只剩下乌里和乌里的弟弟与他们的母亲相依为命。

乌里长得很漂亮，浑身披着黄色的皮毛。而他的弟弟比他长得更加俊俏，模样很像当地最有名的一只狗。

因为乌里毛发的颜色很像狐狸，所以当地许多人常称呼他为狐狗。尽管如此，乌里可不是狐狸与狗的混血儿，狐狗的意思其实是说他具备各种狗的特质，也可以说狐狗

是一种杂种狗。

从古至今，在动物界一直流传着这样一种说法，狗是由山野的胡狼驯化而来的。狐狗在性格和毛皮的颜色方面都有着胡狼的很多特征。狐狗精力旺盛，身体素质非常棒，最主要的是，狐狗非常聪明，像狼一样。与其他狗相比，狐狗还有一个非常明显的优势，那就是具有狼一样超强的毅力和耐性。

在纯种狗的世界里，猎狗最擅长奔跑，跑得也最快；而老虎狗则擅长捕猎，是最凶悍的一类。

如果把纯种狗与杂种狗混合在一起，让他们在一个没有人的岛上生活半年，会出现什么情况呢？

有人曾做过实验，在荒岛上，这些狗必须靠自己的力量生存下去。半年后，人们到荒岛上去看结果时，就会看

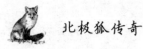

到能够活下来的狗只有杂种狗，而且他们活的状态还相当不错。狐狗跑得不如猎狗快，也比不上老虎狗凶悍，但他有健康的体魄与超优的体质基础，适应能力、免疫力都相当强，一般不会生病。虽然狐狗没有顽强的搏斗技能，但他们凭着与生俱来的聪明才智就能够很好地活下去。

在性格与身体素质方面，狐狗遗传了胡狼的很多基因，他们常常喜欢竖起尖尖的耳朵，他们像狼一样天生具有一种粗暴的野性，而且还十分狡猾。

下面我们要讲的是狐狗乌里的故事。

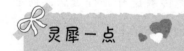 灵犀一点

在自然界，健康的体质与聪明的大脑是生命延续下来的必要条件。

第二章　乌里走失

乌里跟随主人把羊群赶到市场，途中，羊群四处逃散，为了寻找羊群，乌里与主人走散了……

乌里小时候是跟着牧羊人罗宾一起生活的，罗宾把他当成一只牧羊犬来培养。所以，从小到大，乌里都是和另外一只懂得放羊的牧羊犬，还有一群羊生活在一起。

罗宾已经上了年纪，精神开始有些恍惚。他并没有教给乌里多少实用性的放羊技术，乌里所掌握的放羊知识，全是从另一只牧羊犬那里学来的。罗宾常常让乌里独自照看羊群，而他则悠然自得地跑到酒店里喝酒去。因为老罗宾十分相信乌里的能力，相信这只聪明的狐狗会无师自通的。

乌里一直都很听主人罗宾的话，他把罗宾视为自己的

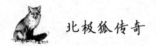

依靠，当成他生命中最重要的人。所以，无论罗宾让乌里做什么，他都会非常愉快地接受。

在乌里看来，罗宾是人类中最善良、最可敬的人。他永远不会明白，其实罗宾只是人类社会中一个生活在社会最底层、收入微薄的牧羊人，一个嗜酒如命的小老头，并没有得到人们的多少尊重。

有一天，雇主对罗宾说："今天，你要把羊群赶到约克州的买卖市上去。"罗宾毕恭毕敬地答应着，向雇主保证不会少一只羊。要赶到市场上的这群羊一共有三百七十四只，走在路上，呼啦啦地一大群，规模可不算小呢！清点完数量，罗宾和乌里赶着羊群上路了。

他们很快走进诺三巴伦多草原。途中还算顺利，没有任何意外情况。到了帝尼河后，羊群被赶上了一艘轮船，轮船朝着希尔兹港驶去。希尔兹是一个港口城市，有许多大型的工厂，城市上空笼罩着浓浓的烟雾。

羊群看到天空中黑乎乎的云团，吓得不知所措。他们根据以往的经验，把天空中黑黑的浓烟当成是乌云，以为暴风雨快要来临了。船靠岸后，羊群被赶下了船，惊慌失措的羊群瞬间乱了阵脚，朝着四面八方逃散而去。

罗宾一下子急了，看着乱成一锅粥的羊群，急得不知如何是好。

　　大概是平日里酒喝多了，老罗宾想了半天，总算想出一个好办法，他对跟在身边的乌里说："乌里，去把所有的羊群给我找回来，赶回到我身边！"乌里看着罗宾的手势，明白了他的意思，转身飞一般地去追赶那些分散的羊群，赶完这帮，又去追那帮，费了好大的力气才把羊群赶回罗宾的身边。

　　罗宾对乌里很是放心，再说就是不放心，他自己也没有别的招数了。在乌里忙着追赶羊群的时候，罗宾干脆坐在地上安心地织起袜子来。直到乌里把所有的羊追了回来，他才站起身，一五一十地数起了羊的只数。数到最后，罗宾发现少了一只羊，于是，又命令乌里去找回失踪的那只羊。

　　乌里很是羞愧，没想到任务完成得不够完美。乌里转

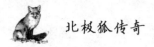

身又去寻找丢失的小羊了，可是，除了罗宾身边这一大群，哪里还有小羊的影子呢？

过了一会儿，一个小男孩走到罗宾身边说："这么多羊啊！我数了数，竟然有三百七十四只呢！"老罗宾一听，起身重新数了一遍，没错，是三百七十四只羊，一只也没少。

罗宾这才意识到，自己错怪了乌里。可是，乌里早已跑得无影无踪，不知道去哪个方向找小羊去了。

雇主要求罗宾尽快把羊群赶到市场，一分钟都不能耽误。而乌里还不知道什么时候会回来。罗宾担心，如果自己等乌里回来，怕是会晚了时辰。

罗宾知道，乌里完不成任务是决不会回来的，他一定会跑到很多地方，寻找主人所说的丢失的小羊。或者，乌里为了完成任务，也许会到哪个羊圈里偷一只羊回来。乌里会这么做的，因为以前放羊时，他就这么干过。

这下，罗宾意识到问题严重了。他一时没了主意，不知该怎么办才好。这里人生地不熟，要是乌里果真偷了别人家的羊，那麻烦可就大了。

老罗宾发愁了，他摸着脑袋不知怎么办才好。

如果不能按时把羊群赶到市场，罗宾就不能拿到报酬；如果他不等乌里回来就去市场的话，乌里就找不到他了，他又于心不忍。此时，罗宾陷入两难的境地。

罗宾知道自己不能违背雇主的命令，过了好一会儿，他决定先把羊群赶到市场，回头再找乌里。

此时此刻，乌里还在大街上找羊，他跑遍了所有地方，都没有发现那只丢失的羊。

太阳很快就要落山了，乌里又累又饿，只好垂头丧气地回到渡口。可是，哪里还有罗宾与羊群的影子？罗宾早已赶着羊群去市场了。

找不到罗宾，乌里伤心极了。他沿着渡口跑了好久都没有找到他的主人。他跳上了去河对岸的渡船，还是没有找到。最后，他又回到了希尔兹港，乌里在这里等了整整一个晚上，还是没有看到老罗宾。

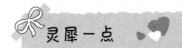

灵犀一点

生活并不总是一帆风顺，总会在不经意间遇到一些意外或挫折。

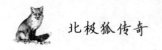

第三章　忠心寻主

走丢后，乌里开始踏上寻找主人的历程。

第二天，乌里继续寻找老罗宾，他在渡口来回跑了好几次，一直不停地闻过往行人的气味，希望能从他们身上发现一些线索。每天从渡口经过的人有成千上万，乌里几乎把每个行人的双脚都闻了一遍，这一天下来，他闻了数不清的臭脚。乌里还跑到酒店里，去闻一些人的气味，可仍然没有找到主人。

有与乌里他们同船过来的人，看到乌里的表现，很同情他的遭遇。他们给乌里送来食物，希望不要饿坏了这只忠诚的狐狗。可是，乌里的心思全在寻找主人身上，根本没有心情吃好心人给他的那些食物，甚至他连送饭人的脸长什么样都没看清。

　　人们对乌里的表现很是纳闷，他这么多天不吃东西，怎么可能有那么饱满的精力跑那么多的路。但是，乌里仍然不让任何人靠近他，他的心里只有罗宾一个人。

　　不知不觉，乌里被抛弃在这个有渡口的城市整整一年零两个月了。有一天，我在渡口遇到这只可怜的狐狗，许多人都在说他是只义狗，在那么长的时间里，竟然一直在寻找他的主人，闻每个人的双脚。他看上去很精神，耳朵耸立着，皮毛依旧油光闪亮。在我的眼里，乌里是只漂亮的狐狗。

　　那天，当我经过乌里的身边时，他照旧过来闻了闻我的双脚。当乌里确定我不是他要找的主人时，便不再理会我了。我好奇地蹲下身子，想和乌里打个招呼，他却看都不看我一眼，转身去闻别人的脚去了。

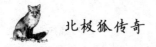

　　乌里坚信他的主人不会扔下他不管，坚信主人一定还会出现在渡口，所以，他一直守在这里，没有回到故乡的山庄去。

　　两年过去了，乌里已经闻过七百多万只脚了。

　　一天，一个贩卖牲口的男人从渡船上下来，乌里照旧去嗅他的脚。瞬间，乌里一下子变得激动起来，只见他全身的毛竖了起来，嘴里发出一种可怜的呻吟声。船夫看到乌里这个反应，以为那个男人欺负了乌里，不满地朝着那个男人喊了起来："你怎么回事？不要欺负那条狗！听到没有？"那个贩卖牲口的男人一听，连忙辩解道："我没有欺负他，相反，这条狗突然把鼻子伸到我脚上，倒是把我吓了一跳呢！"船夫感到奇怪，紧紧盯着乌里与那个男人的一举一动。他看到乌里竟然摇着尾巴向那个男人讨好起来，其他人也看到了乌里的奇怪举动，不知道为什么会这样，都感觉到很奇怪。

　　经过一番交谈，大家才知道，这个男人是乌里主人的朋友。最主要的是，他现在身上戴的手套和围巾都是罗宾曾经戴过的。

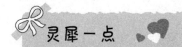

灵犀一点

　　乌里对主人特别忠诚，尽管与主人失去联系，他仍然坚持不懈地日复一日地寻找主人，从不轻言放弃。他的忠诚、勇敢、执着让人心生感动。

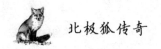

第四章　乌里变成坏脾气

　　找不到主人的乌里跟随主人的朋友走了。因为这个朋友身上有主人用过的东西，他相信迟早有一天会跟着这个朋友找到主人。

　　这个贩卖牲口的男人名叫道林。自从那天在渡口遇到他，乌里便跟着他走了。因为道林身上有主人的东西，乌里相信跟着道林可以找到主人。而道林平白得到一只漂亮的狐狗，更是欣喜，他非常开心地带着乌里离开了渡口。

　　道林把乌里带到了自己家里，乌里在新的地方——达比峡山开始了新的牧羊生活。

　　乌里又像从前那样开始牧羊。每天清晨，他会准时帮助道林把羊群赶出羊圈；白天，他赶着羊群在山里吃草；晚上，再把羊群赶回羊圈里睡觉。对于道林交给他的任务，他都像在罗宾身边一样，几乎能完美无缺地完成。

以前，道林邻居家里的牲畜每年都会被老鹰和狐狸抓去几只，自从道林收养了乌里，道林和他的邻居家的牲畜就再也没有损失过。因为不等老鹰或狐狸靠近牲口，乌里就会大声咆哮着吓跑他们。有时，主人听到乌里的叫喊声，也会出来看看自己的牲口，这样老鹰或狐狸自然就没有机会下手了。

乌里是人们公认的杰出牧羊犬，但是，自从跟了道林，他的脾气变得越来越坏了。一看到陌生人，他就会大声吼叫起来，露出十分可怕的利齿。这个脾气是从他在渡口找主人时开始形成的，他被抛弃得太久了，最终还是没有找到主人，这让他很是伤心，他的性格因此变得有些古怪了。

达比峡山是一个有名的溪谷。很久以前，溪谷里住着狐狸，他们经常趁人们不注意的时候，跑到牧场和山庄附近搞破坏。但是，自从有了乌里，这些狐狸再也不敢像从前那样肆无忌惮了。

1881 年，山谷里出现了一只十分狡猾的狐狸。他经常偷走农民的家畜或家禽。每当农民放狗去追他时，他就会

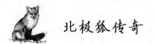

飞快地跑到一个岩石洞里躲起来。那个岩石洞被当地人们称为鬼洞，没有人敢进去探个究竟。因为自古以来就流传着一些可怕的传说，说是进去的人没有能够活着走出来的。所以，现在的人们并不知道洞里面的构造。只要狐狸逃进鬼洞，就连狗也不再追进去了。人们说那只狐狸肯定是被鬼附体了，所以才敢安然无恙地进出鬼洞。

因为有了鬼洞作为庇护场所，这只老狐狸十分猖獗，他一次又一次地偷农民们饲养的小动物。有一次，这只狐狸竟然在一个晚上就咬死了十几只羊。后来，村里的羊越来越少了，大家都把账算在那只狐狸身上。

有一天，村民集合在一起，商量该如何对付那只狐狸。说来说去，大家也没有更好的办法，最终决定在下雪的时候，只要那只狐狸出现，就放狗去咬死他。但是，那个冬天一直没有下雪。

有一天夜里，我冒雨到蒙撒泰尔去，经过一个羊圈时，突然有个影子在我眼前一闪，那影子快如闪电，吓了我一跳。我定睛一看，发现一只巨大的狐狸在距离我不远的地方蹲了下来。他十分凶狠地盯着我看，转身飞一样地跑开了。那道闪电一样的姿态给我留下了深深的印象。

就在那个夜晚，有一家农民的羊圈里死了好几只羊，三只小羊和他们的父母都被咬死了。我这才想起那一夜我曾碰到过那只凶狠的老狐狸。

这只老狐狸到处残害家畜，人们对他痛恨不已。可奇怪的是，那只老狐狸从来没有到过道林家去搞破坏。道林家的羊一只也没被咬死过，人们都把这个归结为乌里的功劳。

尽管人们都称赞乌里是只忠诚能干的狗，但人们不太喜欢他。因为乌里的脾气越来越暴躁，越来越倔强，甚至到了古怪的地步。

道林有一个女儿名叫赫达，她很喜欢乌里，乌里也特别喜欢跟这个小女孩在一起玩耍。在家里，乌里只对赫达言听计从，而对其他人却爱答不理的，对个别村民竟然有些憎恨。

有一次，我从道林家附近走过，忽然看到乌里朝我扑过来，我躲了好几次，最终还是被乌里咬住了脚踝。我用另外一只脚去踢他，还捡起一块石头朝他猛击，乌里痛得松开口，一下子滚进了不远处的水沟里。

乌里在水沟里打了几个转转之后，就顺着沟边跑掉了。至今我不明白他为什么要咬我，只当他是只脾气古怪的狗了。

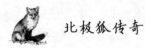
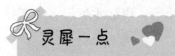
灵犀一点

　　乌里的脾气变得很坏，是因为主人曾长时间地抛弃了他。有许多性格古怪的人是因为在童年时代心灵受过创伤。

第五章　脚印的秘密

当老狐狸再次咬死村民家里的二十只羊时，人们顺着他的脚印，终于找到他的踪迹……

冬天的雪终于来到人间，山间到处覆盖着白茫茫的一片。

盖尔特家里的二十只羊全部被老狐狸给弄死了。狐狸的行为再次激怒了村民们，人们发誓要抓到那只老狐狸，决不让他继续胡作非为。

天空依然飘着雪花，机会终于来了。村民们带着猎枪，根据雪地上的大脚印开始追踪那只老狐狸。

那只大脚印有些特别。人们沿着脚印走到河边，脚印在河边消失了，人们猜狐狸肯定是潜到水里去了。

过了一会儿，人们又到河对岸去找脚印，却什么也没

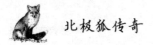

有发现。人们不甘心，又自发地到其他地方继续寻找，找了好多地方，终于在离河对岸约五百米远的地方再次发现了狐狸从河里爬上岸边的痕迹。他在水里潜伏了那么久，把身上的气味都冲洗掉之后才重新爬上岸边。人们顺着他的脚印发现，那只狐狸上岸后又跳上一段高高的围墙，而墙上的雪早已融化了，这样，根本看不到他的脚印了。人们不禁感慨万千，说这只狐狸简直太狡猾了。

人们顺着墙根找了许久，终于又发现了那个大脚印。但是跟了好久，脚印又消失了。村民们也被搞糊涂了，七嘴八舌地议论着老狐狸的行踪，完全没有规律，说不上该往哪个方向继续寻找。

突然，有一个人指着一个大脚印说："大家快过来看呀！"那只脚印实在太大了，看上去的确与老狐狸的脚印非常相似。于是，村民们又跟着这只脚印继续向前寻找。

后来，那个脚印出现在道林家的羊圈里，而道林家是唯一没有被狐狸咬死过畜生的人家。此时，道林家的羊全都在羊圈里，乌里则躺在羊圈旁边的木板上晒太阳。

村民们匆匆跑进道林家里，乌里看到那么多人冲进他家，低声叫着跑进了羊群。

村民中有个名叫老乔的人非常有心计，他是开旅馆的，是村民中比较见多识广的人。老乔用锐利的眼睛扫视

了一圈，当他看到乌里留在雪地上的脚印时，几乎惊呆了！因为他一下子意识到老狐狸的脚印跟眼前看到的乌里的脚印一模一样。

"大家快来看啊！"老乔指着乌里的脚印对大家说，"咱们的牲畜不是那只老狐狸弄死的，真正的凶手是乌里！"人们看了看地上的脚印，有人同意老乔的说法，但也有人对此有些怀疑，因为他们不相信乌里———一只牧羊狗，竟然会对羊群进行捕杀。他们小心谨慎地说："我们还是重新核实一下吧，单凭相似的脚印，证据显得不是很充分啊！"道林听到自家羊圈这边吵吵闹闹，从屋里走了出来。老乔马上迎上去跟道林说："道林，我敢肯定，是你们家的乌里把盖尔特家的二十只羊咬死的！如果没猜错的话，以前村里那些牲畜也很可能是被他咬死的！"道林大吃一惊，急忙辩解道："这怎么可能？不可能！老乔，

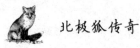

你不能信口开河呀！我家乌里是负责保护羊群的，怎么可能去咬死那些羊呢？再说，他从来都是非常听话的。""那你看看他的脚印，是不是与传说中的老狐狸的脚印完全相似？就是他昨天晚上出去干的坏事！"老乔非常肯定地说。

道林有些生气了，冲着老乔大声喊道："你不要血口喷人！你这是无中生有！村里的人谁不知道我们家乌里是一条优秀的好狗呢？你是嫉妒我有这样一条聪明的狗吧？"大家七嘴八舌地把追踪脚印的经过详细地跟道林讲述了一遍，但是，道林还是不肯相信乌里会做出那么离谱的事。

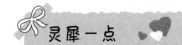

灵犀一点

　　要想人不知，除非己莫为。只要做了坏事，就会留下蛛丝马迹，总有一天会被人发现。

第六章　乌里之死

人前表现良好的乌里，会不会在背后干坏事呢？谜底终于揭开了。

道林根本不相信乌里会做出杀死村民羊群的事来，所以，对老乔的判断坚决否认，老乔气得冲道林大喊大叫起来。

就在双方吵得不可开交的时候，赫达走到大伙面前，给大伙提出一个建议："爸爸，今晚让我和乌里住在一起吧，我会密切关注他的行踪的。如果他晚上没有出去，那么就说明他很可能没有伤害村里的那些羊群。我们必须用实际行动来证明乌里是不是清白。"

道林同意赫达的建议，双方在赫达的劝阻下各自散去。其实大家心里都明白，都在等晚上赫达观察的结果。他们虽然怀疑乌里，但对赫达的人品还是信得过的。

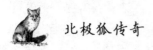

到了晚上，赫达为了观察仔细，有意睡到了厨房的长椅上，而乌里则睡到了桌子底下。

夜深了，乌里开始躁动起来，他爬起来好几次，看到赫达在旁边守着他，就又重新趴下睡觉。但是，他根本就无法入睡，只能凭耐力硬是趴在那里没动。

又过了两个小时，乌里实在忍不住了，他偷偷爬起来，走到赫达身边闻了闻。赫达假装睡着了，一动没动。乌里以为赫达睡熟了，转身悄悄来到窗前，轻轻地打开窗户，他先把前爪伸出窗口，随后整个身体也跟着跃了出去，最后，他的尾巴也慢慢消失在窗外不见了。这一切动作如此熟练，如果没有相当丰富的经验是很难一气呵成的。听到乌里的脚步声很快消失之后，躺在椅子上的赫达不禁大吃一惊，但她还不能确定乌里到底出去干什么去了，所以她没有告诉爸爸，继续待在厨房，想看看乌里回来的情形，然后亲自验证一下。

赫达起身，打开窗户向外张望，乌里早已无影无踪了。

赫达感觉有点冷，往火炉里又加了些柴火，然后重新回到椅子上躺了下来。时间一点一点过去了，赫达大约有一个多小时的时间一直清醒着，眼睛盯着天花板，听着时钟嘀嗒嘀嗒的声音，周围显得寂静极了。大约一个半小时左右，窗外终于有动静了，赫达听到轻微的声音，心情莫名地紧张起来。在一阵激烈的抓爬扒声之后，窗户被打开了，乌里又悄无声息地从窗口钻了进来，然后又用屁股把窗户顶了一下，就把窗户给关上了。

这时，赫达眯着眼睛，借着火炉里的火光，想看看乌里的样子。只见乌里眼睛里充满杀气，嘴巴和身上都染满了红红的鲜血。

乌里走到赫达身边，看到赫达还在熟睡，就又回到桌子底下躺了下来。昏暗中，赫达隐约看到乌里用嘴舔着自己的爪子和嘴巴。

这下，赫达终于明白，村民们的判断是正确的，他们对乌里的怀疑已得到证实。她气急败坏地坐起来，冲着桌子下面的乌里怒吼道："乌里，你太让人失望了！你怎么可以欺骗我们呢？你是个大魔头，伤害了那么多无辜的生命！"

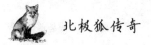

乌里听到赫达一连串的责骂，似乎意识到自己的行踪已经败露了，他蜷缩着身子，不敢正视赫达的眼睛。然后，他朝窗户看了一眼，脸上突然现出绝望的表情，他知道，自己再也伪装不下去了。

乌里试图像往常那样亲密地靠近赫达，想取得她的原谅，只是他太紧张了，全身的毛都竖了起来。乌里低着头慢慢地向赫达靠近，等到快挨着赫达时，他突然张开大嘴朝赫达扑了过去。赫达连忙用手护住了自己的喉咙，乌里锋利的牙齿一下子咬住了赫达的胳膊。

"救命啊！爸爸，快来！快来救我啊！"赫达忍着剧痛，大声呼喊起来。

乌里已经完全没有了往日的温顺，他像一条疯狗一样，向赫达发起了猛烈的进攻，完全忘记了他们曾经是朋友，在一起有着那么多愉快的时光。

就在疯狂的乌里再次去咬赫达的喉咙时，道林冲进了厨房。

乌里看到道林，转身又朝他扑了过去，他似乎已经忘记了这就是喂养了他多年的主人。

道林看到乌里完全六亲不认的样子，情急之下拿起挂在身边的柴刀，朝乌里的脑袋狠狠地砍去。乌里一下子就被击中了，倒在地上抽搐了一会儿就死去了。

从那以后，村民的牲畜再也没有被什么狐狸无端地咬死过，人们很快忘记了这件事，只是偶尔才有人提到乌里的故事。

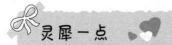

灵犀一点

乌里具有双重性格，人前他是只优秀的狗，人后却是杀死许多牲畜的魔鬼。言行不一，人格分裂，招致大祸临头。

银狐托米

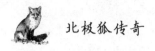

第一章　狐狸一家

在一处开满野花的空地上，狐狸妈妈带着她的七只小宝宝在那里尽情地玩耍……

太阳就要从远山的背后下山了，夕阳的余晖越过山丘，照射到一大片空地上。在这片空地和后面的一个小山丘上，满山遍野开满了许多漂亮的小野花。在茂密的丛林深处，有一个狐狸的洞穴，住着狐狸托米的一家。

这家一共有七只小狐狸。平常，小狐狸们都喜欢在这片空地的草丛中嬉戏玩耍，他们跳来跑去，相互追逐奔跑，特别是晚饭后，他们一定会聚集在这块空地上，享受一天中最为悠闲的快乐时光。每天这个时候，人们常常会看到一只比较老的狐狸总是像警察一样站在小狐狸们的旁边，时刻关注着自己的孩子，这只老狐狸就是小狐狸们的妈妈。

　　七只小狐狸个个都很健壮，他们在这块开满野花的空地上蹦蹦跳跳，非常快乐。他们时而滚在一起，时而你追我赶。有的小狐狸追逐着空中飞翔的苍蝇和小飞虫；有的小狐狸追逐着蜜蜂，嗅着他们的气味；有的竟然追逐着野鸭残留在空中的羽毛，一派热闹景象。

　　在这些小狐狸中，有一只长得特别秀气。他的全身都披着黑色的皮毛，身体非常结实，眼睛四周长着一圈花纹，就像绕了一圈黄丝带。这只小狐狸的奔跑速度非常快，他总是第一个抢到那些野鸭的羽毛，其他小狐狸只能等他玩够了，扔掉了，才能玩这些羽毛。而扔掉羽毛的这只小狐狸则跑到妈妈身边，把妈妈的尾巴叼在嘴里，东拉西扯，他对这个游戏乐此不疲。

　　这只小狐狸非常调皮，他在含着妈妈的尾巴时，会突

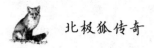

然一拽，把妈妈吓一跳。大概被小狐狸扯疼了，狐狸妈妈高高地扬起自己的尾巴，让小狐狸没有办法咬到她，而小狐狸则顽皮地扬起自己的脸打起滚来。就在这时，狐狸爸爸走了过来，他叼着一只小香鼠，走到狐狸妈妈身边，把香鼠递给狐狸妈妈。狐狸妈妈马上接过那只小香鼠，走过去放到小狐狸们身边。那些正在玩耍的小狐狸们一看到地上的香鼠，立刻像饿狼一样，一齐扑了上来。他们不停地晃动着自己的小脑袋，撕扯着香鼠的身体，原来快乐的游乐场立即乱成一团。

狐狸爸爸看了一眼忙着抢食的孩子们，转眼之间又消失在丛林中。而狐狸妈妈依旧安然地守护在自己的宝贝们身边，不时竖起耳朵倾听风带来的声音，警惕着周围的情况。

这些小家伙们很快吃饱了，也玩累了，这时，远处传来一阵尖厉的叫声："咕噜噜——咕噜噜——"小狐狸们不知道发生了什么事，而狐狸妈妈则知道出事了，于是，立即严肃地命令小狐狸们跟随她赶快回家。

这声音是狐狸爸爸向狐狸妈妈发出的警告声，他在用声音告诉狐狸妈妈："要多加小心了，有敌人出现了！"只是这些小狐狸们现在还不能理解父亲叫声里的含义，看到妈妈急匆匆往家里跑，虽然不怎么情愿，也还是跟在妈妈后面跑回了家。

这个地方有许多狐狸的天敌，他们时刻垂涎着这群小狐狸，譬如：持猎枪的男人、狗、老牛，还有长着长尾巴的林鹨（鹰的一种）。他们时刻都在威胁着这群小狐狸的生命安全，所以狐狸父母非常警惕地保护着自己的孩子们，从来不敢掉以轻心，一有风吹草动，立即带孩子们躲进自己的洞穴，以防发生意外。

此时，在远处的一棵树上正坐着一位少年，他的名字叫阿布，此时，他正兴致勃勃地观察着狐狸的一家。看到他们在夕阳的余晖下尽情地玩耍，他感到非常羡慕。在阿布眼里，小狐狸们是那样幸福和快乐！他们无忧无虑地在妈妈的视线之内游戏、追逐，阿布被他们的无拘无束完全吸引住了，一时看得入了神。

狐狸是一种非常机敏的动物，想要遇到他们都很难，更不要说看到他们嬉戏玩耍的场景了。所以说，阿布感觉自己还是相当幸运的。

阿布很喜欢那只黑色的小狐狸，那个小狐狸是那么壮实，那么机灵，而且他在游戏时那么投入和得意，一副不可一世的样子。

正当阿布看得入迷的时候，忽然发现那只大狐狸急匆匆地钻入丛林，那些小狐狸们也紧紧跟着那只大狐狸，很

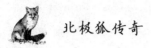

快闪进<u>丛</u>林不见了。

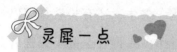

灵犀一点

　　爱与温暖的场景会感染别人，就连人也会为动物之间的温情而感动。

第二章　初遇猎狗

正在玩耍的小狐狸们不期而然遇到一只猎狗，他们会安然脱险吗？

正看得入迷的阿布不明白那些狐狸为什么突然匆匆逃开，他正迷惑不解时，耳边突然听到几声"汪汪汪"的狗叫声。阿布明白了，是这只大笨狗把小狐狸们吓跑了。他气愤地说："真讨厌！这只大笨狗，怎么现在到这个地方来了呢？"从远处跑过来的这只狗叫库拉，看起来

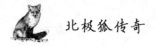

还没有成年，但是，他的体形已经很大了，嗓门也非常洪亮。这只狗不是别人的，正是阿布的。冬天到来的时候，阿布会带着他去狩猎，这是一只专门为狩猎而饲养的狗。本来他在阿布家里是拴着的，但是不知道为什么，现在却独自跑了出来。也许是他自己挣脱了绳索也未可知。这只聪明的大笨狗竟然一路追踪，追到丛林这边，找到自己的主人。

这时，那只大笨狗又"汪汪汪"吼叫起来，渐渐走近阿布，同时也离狐狸一家更近了。

狐狸妈妈早已带着自己的孩子们逃回了狐狸洞，把孩子们安顿好后，她马上跑到洞口外面。狐狸妈妈这样做的目的是为了让那只猎狗发现自己，然后她会想办法把猎狗引到别处，这样她的小狐狸们才会彻底安全。

狗的叫声越来越近了，狐狸妈妈也越来越紧张，她的心都快跳出来了。一想到自己那些还没长大的小狐狸们，狐狸妈妈感到不寒而栗。

其实，对于这样一只还未成年的猎狗，狐狸妈妈是有足够的信心的。对于她来说，独自逃命根本不是问题，问题是狐狸洞里的那些小宝宝，如果一旦落到这只猎狗嘴里，后果将不堪设想。因此，狐狸妈妈现在要做的第一件事就是把那只猎狗引开。

狐狸妈妈迅速跳到猎狗面前，然后立即改变方向，向远处跑去。阿布的这条猎狗显然还没多少经验，他看到狐狸妈妈之后，连忙"汪汪汪"叫着，紧追了上去。

狐狸妈妈迅速变换着方向，不停地兜着圈子。她跑得很快，像一阵风一样忽左忽右。她只是耍了一个小小的花招，就把阿布的猎狗吸引过来，并牵着他的鼻子四处乱窜。大约跑了一两千米之后，狐狸妈妈又跑上一条满是杂草、更加难走的小道，这样一来，她就不会留下自己的脚印了。也许以前从没遇到过这样的情况，阿布的猎狗一下子有点发蒙，不知道该怎么做了。

猎狗站在那里左瞧右瞧，不知自己该向哪个方向追赶。此时，狐狸妈妈早已转到另一条偏僻的小路，回到自己家的小狐狸们身边了。其他孩子都很安全地待在窝里，只有那只黑色的小狐狸不见了踪影，狐狸妈妈再次走到路口，但是仍然没有见到那只小狐狸的身影。

原来，那只黑色的小狐狸被狗的叫声吓坏了，他爬到了洞穴的最里端，然后把自己的鼻尖藏在两只前爪里，一动也不敢动，甚至连大气也不敢出，头都不敢抬起来。

我们知道，不管是什么动物，在我们生活的世界里都会听到各种各样的声音，有些声音是能够给心理造成阴影的。今天，这只黑色的小狐狸听到的狗叫声，几乎就把他

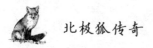

所有的意志给摧毁了，他从没听过如此恐怖的声音。这些小狐狸们从小到大都认为妈妈是无所不能的，只要妈妈在身边，就什么都不怕。但是，今天那只猎狗的叫声，给所有小狐狸上了一课，那就是世界上还有一种强大的动物，即使妈妈在他们身边，他们也会被吓得缩成一团。

这些小狐狸们从出生至今一直生活在一个充满关爱和温馨的和平环境中，他们还没有经历过什么，但今天，他们体会到了恐惧的感觉，这在以前是根本无法想象的。从这天开始，这些小狐狸们似乎失去了原来的那种无忧无虑了。

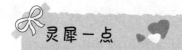

灵犀一点

天外有天，人外有人，世界万物都有天敌，正所谓"一物降一物"。因此，人是不能骄傲自大的。

第三章　失去亲人

狐狸妈妈偷鸡喂自己的孩子，让人发现并追踪，这些小狐狸能逃过这次捕杀吗？

这次经历把小狐狸们吓坏了，他们仿佛一夜之间长大了。随着时间的推移，这些小狐狸们渐渐地适应了这样的生活，恐惧感也越来越淡。他们知道，无论如何都应该好好活下去。

在丛林附近还有一个小山村，那里每天都会发生许多新鲜的事情。最近，村里的布多叔叔家的鸡不知道为什么总是丢。

这天，布多家的两兄弟正行走在山丘上，忽然听到一阵急促的狗叫声，这叫声是从山谷方向传来的。于是，布多兄弟决定前去探个究竟。他俩连忙跑到山谷，发现阿布

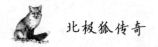

家的大笨狗竟然在追赶一只狐狸。

　　这只狐狸正是在不远处丛林洞穴中居住的狐狸妈妈。不一会儿，狐狸妈妈略施诡计，就把那只大笨狗给骗了。狐狸妈妈迅速躲了起来，只剩下那只大笨狗在那里团团乱转。大笨狗翕动着自己的鼻子，仔细嗅着狐狸的气味，但就是看不见狐狸的影子。

　　两兄弟看大笨狗这个样子，就知道这只笨狗在捕捉狐狸时扑了个空。他们向着山谷的另一端眺望，看到了在那只大笨狗面前失踪的狐狸，此时，狐狸的嘴里正叼着一个白色的东西。

　　看到这里，兄弟俩不约而同地惊呼起来："快看，那不是我们家的鸡吗？"原来，他们家丢失的鸡是被这只狐狸给偷走的。

　　是的，他们没有看错，狐狸妈妈嘴里叼着的正是布多叔叔家里的鸡，因为布多叔叔家的鸡棚有一个缺口，狐狸可以很轻易地钻进去，一口咬断鸡的喉咙，然后悄无声息地叼着鸡回家。布多叔叔一家把自己养的鸡当宝贝一样看待，没想到这些鸡却遭到狐狸如此残忍的杀害。兄弟俩气得不行，发誓要把那只狐狸逮住，将她撕碎。

　　兄弟俩悄声商量了一下，决定先看看那只狐狸的洞穴在哪里，所以并没有马上追赶过去。他们站在高处，看到那只狐狸叼着鸡钻进了丛林那边的草丛，那里有个洞穴，就在老狐狸进入洞穴的一瞬间，一群小狐狸出现在洞口。

终于看清楚狐狸的居住地了，兄弟俩兴奋地商议着："太好了！竟然有一窝狐狸呢！就在下面草丛的洞穴中，走，我们下去看看！"兄弟二人各自手里拿着一根粗粗的木棍，小心翼翼地朝着狐狸的洞穴走去，他们拨弄草丛，将木棍伸进露出来的洞穴，用力往里顶去。事实上，这个洞穴里面七曲八拐，直直的木棍根本插不到狐狸们藏身的洞底部。即使这样，洞穴里的小狐狸们还是被巨大的声响吓坏了，他们吓得浑身发抖，缩成一团，不知所措。

这时，狐狸妈妈也急得一筹莫展，她慢慢躲到离洞口比较远的地方，想把人吸引过去。但是，布多兄弟可不像大笨狗一样愚蠢，不会轻易就被狐狸妈妈调虎离山的诡计所迷惑。狐狸妈妈急得团团乱转，她想尽一切办法保护自己的孩子，但是糟糕的事情还是发生了，自己和孩子们所住的洞穴被人找到了。

兄弟俩用棍子使劲往洞里乱戳一气，洞穴的入口已被土堆、石块遮蔽住了，洞穴深处传来小狐狸们惊恐万状的低吼声。小狐狸们明白，他们遇到了比猎狗更为强大的敌人。

布多家的两兄弟想尽办法，可木棍还是没有办法伸到

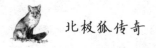

洞穴的最里端。他们决定先回家，第二天带着挖掘用的工具再重新回来捉这些小狐狸。

狐狸妈妈看到兄弟俩离开洞口，松了一口气，她决定重新找一个洞穴安顿自己的孩子，这个洞穴已经暴露，没有安全感了。

次日清晨，天空刚刚露出一点白色的光晕，狐狸妈妈就开始了他们的搬家工作，她要尽快把孩子们转移到另一个洞穴。

第一个要妥善安置的就是那只浑身长着黑色皮毛的小狐狸，第二个要带走的是这些儿女中最健壮的那一只，第三个要搬运的是剩下的小狐狸中比较结实的那一只。一直到今天，狐狸们多少年保持下来的这个习性都没有变化，在自然界中，生存就是如此。要想保证自己的种族顺利繁衍生息下去，在最重要的关头，狐狸们一般先保护那些体格健壮的孩子。

搬家并不是狐狸妈妈独自完成的，此时，狐狸爸爸正站在山丘上来回巡视着，认真地盯着四周的动静，以防意外发生。就在太阳即将升起的时候，一阵"咕噜噜……"的叫声传来，是狐狸爸爸在向妻子发出信号，他发现有敌人朝他们这个方向走来了。狐狸爸爸大声地尖叫着，而狐狸妈妈正好在运第三个孩子的途中。

朝这边走来的正是布多兄弟。这次，他们手里拿着铁铲和铁镐，直奔昨天发现的狐狸洞。到了洞口，他们二话没说，就开始动手挖掘那个山洞了。大约挖到一米左右的地方，碰到一块石头，他们无论如何也挖不动了。兄弟俩只好停下来，商量着用什么办法才能挖下去。

正当两个人商量办法的时候，远处传来"轰"的一声巨响，那是采石场用炸药爆破岩石的声音。这个声音给两兄弟带来了启示，他们决定用炸药炸掉这个洞穴。于是，两兄弟留下一人守着洞口，另一个回家取炸药包去了。

没过多久，炸药就取来了。两人把炸药放在狐狸家的洞穴里刚刚挖到的那块岩石下面的缝隙里，然后把炸药的引线牵引到一个很远的地方。做好这些之后，兄弟俩点燃了炸药的引线。

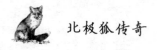

不一会儿，引燃的炸药爆炸了，随着一声巨响，狐狸的洞穴被完全炸塌了。炸药的硝烟散去后，两兄弟再次来到洞口处，这时的洞口已被炸掉的岩石堵得严严实实的了，洞穴里的狐狸靠自己的力量是再也不可能出来了。看着封死的洞口，兄弟俩吐了一口气，于是拿着各自的工具回家了。

傍晚时分，狐狸爸爸和狐狸妈妈来到这个洞口前，他们用尽所有的气力，拼命地挖着堵在洞口的岩石和泥土，他们想把堵死的洞口重新扒开，找回那几个还没来得及转移的孩子。狐狸夫妇用爪子不停地刨着，但是，不管他们如何努力，那些堵在洞口的石头仍然纹丝不动，死死地压在那里。

第二天夜里，狐狸爸爸和狐狸妈妈再次来到这里，继续挖掘那个洞口的石头，但是仍旧没有成功。

狐狸爸爸和狐狸妈妈很不甘心，在第三个夜晚狐狸妈妈又来了。她仍旧努力地扒着洞口的石块，最终结果也跟前两天一样，洞口的石块纹丝不动。这一次，狐狸妈妈彻底地放弃了还埋在洞里的孩子，伤心地离开了这里。

这次，小狐狸们的新家没有建在山丘上，而是建在了河边，新的洞穴入口处也有一块巨大的石头，即使有敌人来，他们也无法挖动这块石块，更不可能轻易捣毁石块深处的洞穴了。

这些小狐狸们长得很快，尤其是那只披着黑色毛皮的小狐狸。不久，他的皮毛全都变成了黑色，甚至连眼睛周围的黄毛也成了黑色的，浑身上下闪着油亮的光泽。

他们开始学习狩猎了，学习如何保护自己。狐狸爸爸和妈妈恨不得一天之内就把自己所掌握的捕猎和逃生的本领全都教给孩子们。现在，狐狸爸爸和妈妈就算捕到猎物，也不会像从前那样，把猎物送到洞口给小狐狸们吃了。他们会把捕到的猎物放在离洞口有一段距离的树林里，等待着小狐狸们自己去发现。

狐狸爸爸和狐狸妈妈这样做的目的就是为了锻炼孩子们寻找猎物的本领。在这三只幸存下来的小狐狸之中，谁的奔跑速度最快，谁的力气最大，谁就可以吃掉食物。在这个过程中，三只小狐狸得到充分的锻炼，他们每天都在健康地成长着，自己的生存能力也越来越强了。

三只小狐狸之中，仍然是那只黑色的小狐狸抢食时表现得最为强悍，长得也比其他两只小狐狸要快得多。

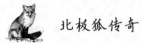

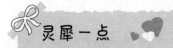

灵犀一点

在紧急情况下，狐狸妈妈首先会救最强壮的孩子。这是优胜劣汰的自然法则。因为要想让整个族群生命延续下去，必须有强壮的遗传基因。

第四章 狐爸死了

小狐狸的父亲在捕猎时被一群狗追赶，他能逃脱吗？

曾经让小狐狸们十分害怕的大笨狗经常来到这个山谷，每次听到大笨狗的叫声，小狐狸们都会吓得趴在地上不敢乱动。这时，狐狸爸爸和狐狸妈妈就会勇敢地冲过去，把那只大狗引开。狐狸爸爸和狐狸妈妈常常绕着山丘和那只大笨狗周旋，那只大笨狗依然那么单纯，他们只需耍几个小小的花招，就能让他犯迷糊。

有一天，小狐狸们正在树林里寻找父亲留给他们的猎物，他们刚刚找到，还没等开口去吃，那只大笨狗就悄无声息地走了过来。此时，那只大笨狗已经长大了，成年的他忽然出现在小狐狸们面前，可把小狐狸们吓坏了。

大笨狗"汪汪"地叫了几声，扑向小狐狸们，小狐狸

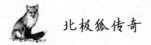

们原本开心的小脸上露出惊恐，他们赶紧四处逃散。这三只小狐狸之中，体质最弱的那只慌得不知该做什么，他甚至连逃跑都没来得及就让大笨狗给逮住了。

几乎是在一瞬间，这只最小的狐狸就被大笨狗咬死了。猎狗摆出一副胜利者的姿态，骄傲地把那只小狐狸叼在嘴里，大摇大摆地走了。大笨狗在行走的过程中，还不时停下来，撕扯几下小狐狸软软的皮毛和柔嫩的骨头。

这一家狐狸还真是命运多舛，就在那只小狐狸被咬死的第二天早上，狐狸爸爸也遭遇不幸。当时，狐狸爸爸刚捕捉到一只野鸭，叼在嘴里正准备回家时，忽然遇到一群狗，他们扑上来就开始围攻狐狸爸爸。

狐狸爸爸连忙掉头就跑，他想从两边高高的围墙上跳过去，可是墙太高了，他没有办法跳上去。叼着野鸭的狐狸爸爸顺着墙根继续向前奔跑，忽然，他看到围墙有一处缺口，狐狸爸爸情急之下，一下子从缺口处钻了过去。

没想到，这是一户人家的院落，狐狸爸爸刚钻进院子里，身边立刻响起另一群狗的咆哮声："汪汪！汪汪汪！"狐狸爸爸这才意识到自己犯了个错误，那一群狗还没甩掉，又遇到这一群狗，简直等于自投罗网。狐狸爸爸腹背受敌，已顾不上嘴里的猎物了，他扔下野鸭，拼命逃跑。但是，他很快又被围墙拦住了去路，护院里的狗追了上来，与他猛烈地撕咬，没过多久，狐狸爸爸就被那群狗撕成了碎片。

山谷那边的狐狸妈妈和小狐狸们还不知道狐狸爸爸已经发生了意外，更不会想到狐狸爸爸会死在一群狗的嘴里，他们还在家里耐心地等着狐狸爸爸给他们捎好吃的东西回去。是啊，通常这个时候狐狸爸爸会叼着美味回到家里，小狐狸们吃完美食就开始玩耍，那是多么幸福和快乐啊！小狐狸们如果知道爸爸已经惨死，不知有多伤心，自此之后，小狐狸们再也没有父亲为他们捕食猎物了，在遇到危险的时候，也不会有爸爸勇敢地挡在前面，奋不顾身地保护他们了。可怜的狐狸爸爸还没看到自己的孩子成年，就这样被狗咬死了。

从此以后，这一家狐狸只剩下狐狸妈妈和两只小狐狸了。原来大家庭的欢乐时光一去不复返，童年的记忆也离小狐狸们越来越远了。

不知不觉，八月到了。两只小狐狸长大了，他们已经学会自己外出捕猎了。狐狸妈妈肩上的担子总算轻了一些，小狐狸的性别也分出来了，小的是妹妹，银白毛皮的是哥哥。

九月份的时候，狐狸妹妹长得跟妈妈差不多高了，狐狸哥哥比狐狸妹妹长得更加高大魁梧。这时，哥哥身上的皮毛已完全变成了银白色，而且更加油光闪亮。这只狐狸名叫托米，就是本书故事的主角，下面所有的故事都将围绕着托米展开。

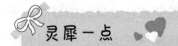

灵犀一点

　　小狐狸的爸爸被群狗咬死了。一个人的力量再强大，也难以敌过一群敌人。一只筷子很容易折断，而一把筷子就不容易被折断了。所以，团结协作非常重要。

第五章 托米离家

托米渐渐长大了，他离开原来的家，独自一人闯荡江湖去了……

托米的奔跑速度让人惊讶。白天，他时常飞一般地穿行在丛林中；夜间，他已经完全可以独自狩猎，几乎很少空手而归。渐渐地，狐狸妈妈和狐狸妹妹都有了一种强烈的感受，那就是托米该独立出去了。这是狐狸家族的本能反应。托米的确是长大了，他自己也已感觉到跟母亲和妹妹生活在一起的不便了。

很快，托米就独立出去了，他和妈妈、妹妹一一告别，离开了那个生活了很久的家。从此，托米开始独自在变幻莫测的大自然中闯荡了。

托米刚刚离开自己的家，对一切都很好奇，他的内心

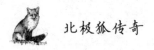

充满欢喜和自信。可是没过多久，他便遇到了一些挫折，自信心迅速下降，几乎全部丧失。

托米本来对自己信心最足的方面是跑步的速度。但是，有一天，他无意中遇到两条狗，遭到他们拼命的追赶。为了逃命，托米沿着山底向一个遍布石块的山丘上跑去，没想到一不小心踩在一块尖石上面，把脚给扎伤了，痛得他几乎不敢跑了。

那时，正是炎热的夏季，疼痛难忍的托米快速向河边跑去，他的脚又痛又烫，他多么希望用凉水将脚冰镇一下，这样既可以减轻疼痛又能凉快一些。一到河边，托米立即跳进了浅水中，他把脚泡在凉水里，感觉舒服多了。

托米向上游游去，但是没游出多远，他发现那两条狗在他刚刚下水的岸边出现了。托米急中生智，连忙躲进河边沙滩旁边一个茂密的草丛中。他屏住呼吸，偷偷从草丛的缝隙往外张望，让他迷惑不解的是，追过来的两条狗只是嗅了嗅河边，转了两圈，然后就转身回去了。

托米并不知道，是河水救了他，因为河水把他身上的气味冲淡了，淡到几乎闻不出来。

经历过这件事之后，托米长了经验，有好几次，他都借助这一招摆脱了敌人的追击。

冬天来了，河面结了薄薄一层冰。由于狐狸的身躯比狗要小得多，所以，有时托米会故意把追赶他的狗引到冰面上去，然后自己一转身跑掉了，而追他的狗由于身体太重，将冰面压碎，一不留神就会掉进冰冷的河水里。托米利用落水狗自救的时间，轻轻松松就能逃得远远的，摆脱敌人的追击。

脱身后的托米会向一条通往悬崖的路上跑去，这条路刚开始比较宽阔，只是越往顶部，路越狭窄，到了最后，狭小的山路就只能容托米自己侧身挤过去了。假如有狗追上来，狗就会被悬崖卡住，无法脱身。久而久之，狗的身体就会与悬崖紧紧贴在一起，这也成了托米逃生的一种重要手段。

托米喜欢到河边捕猎，不只是因为这里的环境有利于他逃生，更重要的是这里的食物丰富，被河水冲上来的鱼、

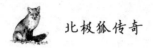
草丛中的青蛙和香鼠，都是托米的美食。这里几乎随处都能找到食物，因而饥饿难耐的痛苦可以很快地得到缓解。

转眼间，漫长的冬季来临了，托米的皮毛发生了很大的变化，他的毛色越来越亮，越来越深，光亮如新。原来残留在身上的一点点黄色或灰色的皮毛不见了，全都变成了黑色的，像油亮的绸缎，光滑柔顺。其实，托米的父母都是红棕色狐狸，只有托米的皮毛与他的兄弟姐妹们不同，所以显得尤其漂亮。

有人曾经做过研究，说红棕毛的狐狸是可以生出黑色狐狸的。生活在北方森林中的猎人会说，红毛狐狸生出黑毛狐狸的概率非常小，更不用说是纯种黑了。这样的狐狸聪明、机智，比一般狐狸更狡猾，可以说充满了智慧。

托米身上的黑色也不是非常纯正，因为没过多久，他身上的黑色毛尖变得越来越白，从远处看，浑身上下都闪着银色的光芒，让人惊叹不已。

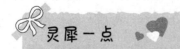

灵犀一点

孩子不可能永远依靠父母生活，总有一天他们要学会独立，自己去面对整个世界。

第六章　遇见银狐

　　银狐因为品种稀有，皮毛非常昂贵，有狐狸中的钻石之称。

　　不久，托米的皮毛尖完全变成了银白色。这种狐狸的身价非常高，因为他的皮毛和其他狐狸相比，更加稀有珍贵。另外，这种狐狸在世界上的数量并不多，其聪明程度比普通狐狸也要高出许多，常常会做出一些让人赞叹不已的事。此外，银白这种颜色相当漂亮，得到喜欢穿皮草的人的喜爱，因此，这种颜色的皮毛在市场上的价格是相当昂贵的。

　　我们知道，钻石是宝石中最昂贵的矿石，钻石按纯度与大小也是分等级的。银狐的皮毛亦是如此，它们像钻石一样，有着等级差别，继而有着价格的高低。而我们本书

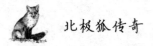

的主角托米，就属于顶级银狐了，这样诱人的物种自然会比其他狐狸背负更多危险。

进入深秋季节，天气变得凉爽起来，特别是夜晚，路面上已经开始结上一层白白的霜。托米身上的皮毛变得更加醒目了。在这个季节，托米完成了成长过程中必需的蜕变，皮毛变得更加纯净，更加亮丽，他已完全变成一只非常漂亮的银狐了。

有人曾瞥见托米的身姿，关于银狐的传说也越来越多，人们对于这个话题兴味盎然，因此，托米的故事在当地广泛地流传开了。

阿布的那只大笨狗名叫库拉，熟悉他的人都对他曾经追踪银狐的故事持怀疑态度，人们都认为像库拉这样笨头笨脑的家伙，根本不可能追到银狐，也许只是库拉主人的一种吹嘘吧。

但是，也有一部分人相信库拉可以追到银狐。还有一部分人非常想诱捕这只银狐，于是他们商量说，不管怎么样，可以利用库拉把银狐引诱出来，然后再想办法把这只银狐捉到。因为只有见到银狐，才会有机会捕捉到他。

此时的库拉已经不是小时候那笨笨的样子了，他已长成一只凶狠的猎狗。他的叫声也与之前大有不同，低沉而充满威严，有时还带着刺耳的颤音。人们远远地听到他的叫声，都会不由自主地想躲开，不到万不得已，没人喜欢靠近他。

一天晚上，我独自在山脚下随意地溜达着，这时，远处传来一阵狗的叫声，这个声音就是那只让人既害怕又讨厌的库拉发出来的。不知库拉遇到了什么，他不停地叫着，叫得声嘶力竭。我蹲下身子，侧着耳朵认真听着。

过了一会儿，我听到从附近的地方传来"咔嚓咔嚓"的落叶声，随后，我看到一只浑身上下全是黑色的狐狸跑过来，在距我约五十米的地方停了下来，显然，他看到了我，并且也像我一样吃了一惊。他的两只前爪搭在一根圆木上，两只后爪使劲蹬着地。情急之下，我立即把自己的掌心放在嘴上，使劲地吸吮着，然后模仿着狐狸发出"啾啾啾"的声响。

这是我们这里老辈人教我的。这个声音一发出，那只狐狸立即掉转自己的头，飞快地向我跑了过来，在距我约二十米的地方再次停了下来。

如此近距离地与狐狸对视，平生还是头一次，我不由得发出赞叹。这只狐狸浑身上下全是黑色的皮毛，毛尖却是雪白色的，在夜色的照耀下发出闪闪的亮光。他站立的姿态更是优美俊逸，给人无与伦比的美的享受。这只狐狸简直太漂亮了！我暗暗赞叹大自然造物的神奇，连一只狐

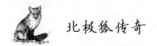

狸都创造得如此美丽。

看着这只漂亮的狐狸，我一下子明白过来了，这就是那只传说中的银狐，一只让无数人神往的银狐。我目不转睛地盯着他，一时没有回过神来。这只狐狸大概也感觉到那只狗快要追上来了，已做出逃走的姿态。我不想失去这个难得的机会，再次把掌心放到嘴边，模仿着狐狸发出"啾啾啾"的声音，他猛地抬起头，注视了我片刻，转身像风一样逃走了。

很快，库拉追了过来，他疯狂地吼叫着，两眼充血，把路边的草丛踩踏得"唰唰"作响。库拉笨重的身躯与刚刚那只银狐的身姿简直不能相比，他的速度与银狐闪电一样的速度更是不能相提并论。

猎狗库拉还在"汪汪汪汪"叫个不停，他大概也是因为看到这样难得一见的银狐才两眼充血，充满欲望的。他的鼻孔喘着粗气，连眼皮都没抬一下，一直顺着狐狸逃走的方向，边嗅地上的气味边追赶而去。

这只猎狗的举动实在有些疯狂，那样子让人感到害怕，我不免担忧起那只银狐的安危了。那么漂亮的一只银狐，实在不该让一只笨狗咬死的。我学着老鼠的叫声，妄图把库拉吸引过来，但是，库拉压根没听到似的，继续追赶自己的目标去了。

如果库拉真把银狐追上了，结果是可以想象得到的。我从库拉身上倒竖的皮毛，似乎看到了库拉撕咬银狐时的凶狠与惨烈。

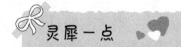

灵犀一点

　　物以稀为贵，漂亮的银狐注定是人们争抢的对象。

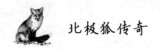

第七章　追求幸福

托米长大了，到了求偶的季节，他会遇到想要的爱
情吗？

我以前也是一名猎手，一向把猎狗当成人类的朋友，
将其视为人类最忠诚、最可爱的助手。但是今天，由于亲
眼看到银狐和库拉的追逐捕捉，我改变了以往的观念，突
然对猎捕银狐的猎狗没了好感。是的，那只银狐太美了，
与他相比，所有的猎狗都是如此丑陋。

冬天来了，农民的庄稼也都早已收仓储存。没有多少
农活的村民便加入到打猎的行列。尤其是年轻人，他们开
始在这个季节捕捉起狐狸来，银狐自然成了他们的首选目
标。但是，机灵的托米几次轻松脱险，对于猎人的诱捕也
都没有轻易上当。托米在对人类的反围捕过程中，变得更

加机警、聪明。为了活着，他学会了很多脱身术。

冬天对于狐狸们来说有些乏味。白天，他们会找一个没有树木、草丛的地方将自己蜷成一团，同时把头埋在自己蓬松的尾巴里，安静地睡觉。听到任何细微的声音，他们都会惊醒，然后睁大双眼，用警惕的眼神观察周围的一切。

没有任何意外的时候，托米会一直睡到太阳下山。然后，他会伸伸懒腰，去寻找食物，填饱早已饥肠辘辘的肚子。

很多野生动物都喜欢昼伏夜出，喜欢在有星光和明月的夜晚寻找食物。特别是大雪过后，月光照在雪地上，反射的光芒可以让他们看清一切。野生动物的夜视线都非常棒，而且夜晚出动也便于隐藏，可以轻松躲过敌人的捕食。

托米习惯在太阳落山之后开始寻找食物，随着太阳光线慢慢变暗，他的眼睛也会慢慢适应周围环境从明到暗的变化。托米喜欢逆风而行，因为这样他可以很快闻到风带来的各种气味。通常他会先到河边走走，借着河水，先把自己身上留下的气味消除掉。然后，他就向山顶走去。他一边走，一边左右观察着山丘两侧的景物，这样做倒不是为了寻找食物，而是为了自己的安全。如果这个时候有可

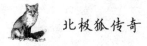

疑的气味或声音传来，他会立即想办法把猎物或敌人引开。

托米不仅经常爬山觅食，还会爬到山上那些歪歪扭扭的树枝上，或者巨大的岩石上，居高观察四周的情况。直到爬上再无任何东西可攀缘爬升的地方，他就会非常灵敏地跳下来，动作就像一根弹出来的弹簧。

托米在夜里寻食的时候，也时常到村里农户的家里去。他总是悄悄靠近那些农家，镇定自若地钻进人家的鸡窝或其他动物的住处。当然，这样做是有一定风险的，因为每户农家的院子里几乎都会养着护院的狗。所以，他对于入户寻食这件事自信而又小心。

去农户家，托米有着自己独到的办法。他的办法通常有两种，第一种是直奔农户的院落，这样做的前提是必须有遇到危险也能安全脱身的渠道。第二种就是在农家附近，先试探性地叫唤两声，如果院落里跑出狗来，就贴着院墙从后院进去，寻找能填饱肚子的东西。一旦狗重新回来，则迅速逃离这家农户。

对托米来说，最好吃的莫过于肥嫩的鸡了。他偷鸡时，一定先咬住鸡的脖子，这样鸡既不会叫唤，也会很快因窒息而死亡。

在农户家，托米一旦发现食物，就会想尽办法弄到手。譬如：那些鸡吃剩下的面包渣，被老鼠夹子夹住的老鼠，偶尔找不到别的，他也会把嘴巴伸到喂猪的猪槽里，吃上一些猪食。

托米几乎从未空手而归，在一周的时间里，如果有五次吃到可口的食物，即使再无食物可吃，托米也可以维持较好的体力。

通常情况下，野生动物都有自己的势力范围，他只会在自己占据的领地活动，而不会随意跑到其他动物的地盘觅食。对于那些擅自闯入者，他们也会想办法把那些不速之客赶跑。当然，这需要自身足够强大，如果自己不如外侵者强大，被赶走的就不是敌人，而是自己了。

进入深冬，托米对情感有了更多的需求。他时常感觉自己有些孤单，希望身边有个伴可以同行。托米不知道，其实这是他生理成熟的很自然的表现。自从有了这样的感觉之后，每到有月亮的夜晚，托米都会情不自禁地爬上高高的山丘，伸着腰板，托着长长的腔调向着远方发出呼唤："咕噜噜——咕噜噜——"这个长长的声音其实就是狐狸的情歌，意思是："我是这样寂寞，谁来陪我？"反复高唱几次之后，托米会稍作停顿，竖起耳朵仔细倾听，听听有没有回应自己的声音传来，但是，每次都会很失望。

时间一天天过去了，来年二月份的一天夜里，托米和

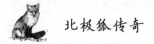

往常一样，爬上高高的山丘唱起他心中的情歌："咕噜噜——咕噜噜——"

一阵呼唤过去，托米突然发现有两只动物在奔跑。托米立即停下歌唱，朝着那两个动物的身影跑去。

在那个原野上，托米仔细辨认着地上的足迹，嗅着前面留下的气味，他发现这些足迹中有一些是他在河边常见到的一只厚脸皮狐狸留下的，他是一只雄狐狸。这只雄狐狸与托米并无瓜葛，他们互不干涉，托米也就未加理会。

托米继续向前追去，很快，他发现了另外一只狐狸的脚印。这些脚印显然不是托米熟悉的厚脸皮雄狐狸留下来的。在自己的地盘上出现了其他狐狸的足迹，托米马上朝着那串歪歪扭扭的足迹追了上去。跑着跑着，托米忽然闻到一阵令他兴奋的气味，他心里的怒气马上消失了。同时，另外一种奇妙的感觉涌上心头，他发现，那串脚印竟然是一只雌狐狸留下来的。

托米开始兴奋起来，他沿着这只雌狐狸的脚印一路追了过去，不过令他不舒服的是，那只雌狐狸的身边竟然一直有厚脸皮狐狸的足迹。看得出，厚脸皮狐狸显然也是沿着雌狐狸的脚印追过去的。

这下子，托米心中的怒火被点燃了，他愤怒地加速向前追去。渐渐地，他看到了自己正前方有两只狐狸，其中一只是厚脸皮狐狸，另外一只就是自己追寻的雌狐狸。托米看到那只雌狐狸与厚脸皮雄狐狸一路上打打闹闹，互相追逐奔跑，很是开心。

看到他们这个样子，托米几乎要怒火中烧了，他立刻快速冲了上去。

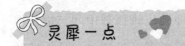

灵犀一点

渴望爱情是成熟的标志之一，美好的爱情需要勇敢地去追寻。

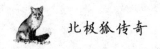

第八章　建立家庭

托米终于找到自己的爱情，如愿与遇到的雌狐狸结为夫妻，他们的婚后生活是怎样的呢？

与厚脸皮狐狸一起玩耍的是一只娇小可爱的红色毛皮的雌狐狸。她的脖子周围有一圈白绒绒的毛，很像一条围巾围在她的脖子上，显得高贵不凡。

托米一下子冲到雌狐狸与厚脸皮雄狐狸中间，把玩得正欢的他们吓了一跳。厚脸皮雄狐狸一见托米，马上掉转自己的脑袋，面向托米，龇着牙，咧着嘴，拉开战斗的架势。雌狐狸对此竟然一脸漠然，似乎两只雄狐狸压根就与她无关。

两只雄狐狸就这样对视着，似乎在暗暗较量着各自的战斗力。雌狐狸扭头就走，两只雄狐狸看雌狐狸离开了，顾不上战斗，都转身去追她了。

不一会儿，那只雌狐狸被两只雄狐狸追了上来。两只雄狐狸一左一右把雌狐狸围在中间，互相隔着她瞪着对方。

那只雌狐狸左右看了看，慢慢向托米这边靠近。厚脸皮狐狸一看雌狐狸的动作很是恼火，龇着牙发出低吼声，向托米示威。托米绕过雌狐狸，用身体撞向那只厚脸皮狐狸，只一下，厚脸皮狐狸就被撞倒在地了。

就在托米与厚脸皮狐狸打斗的时候，雌狐狸转身又跑掉了。两只雄狐狸再次转身追了上来，他们把雌狐狸夹在中间，三只狐狸以同样的速度向前奔去。

过了一会儿，那只雌狐狸又向托米这边靠了过去，当三只狐狸最终停下来时，雌狐狸已经和托米并肩站在一起了。雌狐狸之举明白无误地告诉厚脸皮狐狸，她喜欢托米而不是他。厚脸皮狐狸孤零零地站在那里，看上去有些生气，表情也有些可怜。

看到那只厚脸皮狐狸不肯离开，托米再次绕到他的面前，叉开四肢，脖子上的毛竖了起来，然后气势汹汹地向他发起进攻。托米还把自己那条漂亮的长尾巴高高地竖了起来，像一面旗帜一样，发出可怕的"呜呜"声，一步步向厚脸皮狐狸逼近。

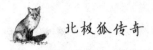

原本站在托米身边的雌狐狸也不甘落后，她跟在托米身后，和托米同时向那只厚脸皮狐狸逼近。

看到这样的情景，厚脸皮狐狸知道自己没有取胜的可能了。眼前这两只狐狸好像多年的夫妻一样并肩在一起，同时用敌视的眼神盯着自己，厚脸皮狐狸知道再这样较量下去毫无意义了。于是，他终于转身，恨恨地离开了。

就这样，托米与这只可爱的红毛狐狸结为了夫妻，而刚刚那场配偶之争，也成了他们最好的结婚典礼。红毛狐狸幸福地成为托米的新娘，因为脖子上那圈白绒绒的毛，她有了一个新的名字——"白娘子"。

春天到了，托米居住的山丘上那厚厚的积雪开始融化，河里的冰也都融化掉了。数不清的小鸟从温暖的南方再次飞了回来，他们在森林里快乐地飞翔、歌唱。小草绿

了，漫山遍野盛开着五颜六色的鲜花，青蛙也开始喧闹起来，森林里的松鼠在树上跳来跳去，他们都在用自己的方式迎接春天的到来。

托米和白娘子出双入对，每天在山上的树林中走动，他们时而亲昵地依偎在一起，时而互相追逐嬉戏，恩恩爱爱，关系十分和谐。随着时间的推移，激情开始慢慢消退，等待他们的是更加久远而幸福的生活。

在野生动物中有各种各样的结婚方式。他们只要结婚，无论在一起时间多久，无论双方是否像当初看到的那样优秀，都会长厢厮守。对于动物来说，结婚是一生中最为幸福和快乐的事情。就像托米与白娘子一样，他们从结婚那天起，就视对方为终身伴侣，会相互陪伴一生而不离开，这点与我们人类是相似的。

经过寒冬的煎熬，托米和其他动物一样，欣喜地迎接春天的到来。他们在河边走来走去，看着哗哗的河水出神。他们似乎在寻找什么。沿途经过的地方，早已有了其他狐狸留下的气味，他们用撒尿的方式占领地盘，最早留下自己气味的狐狸就是这个地盘的主人。

托米与白娘子走来走去，发现到处是其他狐狸抢占地盘留下的气味，他们只好放弃自己喜欢的河边，向大山深处走去。最后，在一片白杨林处，托米和白娘子找到一处

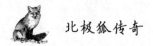

山谷，这个地方托米非常熟悉，因为这是他年幼时生活的
地方。白娘子对这个山谷也非常满意，于是，他们打算在
这里安定下来，筑建属于自己的新家。

这个山谷的土地非常松软，不像其他地方那样还有未
完全融化的冰层覆盖着，土地很是坚硬。白娘子与托米说
干就干，他们分工明确：托米负责爬上附近的山丘站岗放
哨，观察着周围的一切，以防意外；白娘子负责挖洞刨
土。当白娘子累了的时候，她和托米会互换角色：托米负
责挖坑，白娘子负责站岗。

三天过去了，他们终于把自己的洞穴挖好了。这个洞
穴的结构非常奇特：从洞口往下是一条长长的隧道，在隧
道中间还有一个横向的洞穴，这里才是他们日常居住的卧
室。隧道的出口很隐蔽，一直弯弯曲曲地通向地面草
丛中。

建造洞穴挖出来好多泥土，这些泥土堆在一处，形成
一个较大的土堆，正好挡住了洞穴的入口道路。白娘子就
在洞穴的前方挖了一个新的出口，然后把刚开始挖洞留下
的进口用土掩埋起来。这样托米夫妻的洞穴就很难被敌人
发现了。不久，他们挖出来的土堆上长满了杂草，这样就
更没人看得出这一带有狐狸洞了。

这两只聪明的狐狸为了建造一个安全舒适的家，可谓

绞尽脑汁。他们很爱对方，也很爱自己的新家。每次外出归来，他们都会先到河边冲洗干净，然后才回到自己的爱巢。

一天，托米在森林里遇到了一个小姑娘。那个小姑娘穿着长长的衣裙，手里提着个篮子。托米看她走走停停，在森林中不停地采着野果，感觉她不像是危险的敌人，便没有躲藏起来。

此时，小女孩也看到了托米，她不但没有害怕，反而兴奋地叫起来："好漂亮的狐狸啊！过来，小东西，让我摸摸你的皮毛有多好。"托米看到小女孩亲切的笑脸，一下子被她吸引住了，他不由自主地向小女孩跑去。就在这个时候，两声"汪汪"的叫声从小女孩的身后传来，这恐怖而讨厌的声音让托米一下子清醒过来，他连忙逃开了。

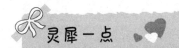

灵犀一点

　　无论是事业上的竞争对手还是情场仇敌，狭路相逢，只有具备更强大的实力才能战胜对手，赢得最后的胜利。感谢对手甚至我们的敌人，是他们让我们更加强大。

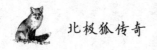
第九章　智斗库拉

1

托米遇到一位非常可爱的小女孩，刚想走上前表达自己的善意，没想到库拉随后赶到。托米能摆脱库拉的追击吗？

一听到狗的叫声，托米立马掉头就跑，与这个美丽的小女孩刚要建立起来的感情被这只讨厌的狗破坏了，这让托米非常遗憾。

小女孩回到家后，把自己在森林中的奇遇说给了家人："那只狐狸好漂亮啊！毛非常光亮，表情、样子一点都不凶，还长着一双友善的眼睛呢！"小女孩的家人听到这里，不由得担心起来，他们可不认为一只狐狸会对一个人有友好的表现。

时光流转，山谷和森林都穿上了绿装，这时，白娘子的脾气突然变得阴晴不定起来。原本恩恩爱爱的一对夫妻，现在也变得有些生分。每当托米想靠近白娘子，白娘子都会非常反感地大吼一声，那声音听起来非常吓人，好像在告诉托米："别靠近我，离我远一点!"白娘子嫌托米碍眼了，这让托米摸不着头脑。

一天，托米从外面捕食回来，刚要钻进自家洞穴时，就听到白娘子在洞穴里"哇"地喊了一声，接着，托米就清清楚楚地听到白娘子的怒吼："你不要进来，给我出去!"托米不知道洞里发生了什么事，只得讪讪地退出洞穴。

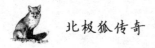

此时，洞中的白娘子正经历着生产的痛苦，她要生小宝宝了，托米就要当爸爸了。没过几天，托米这个温暖的家里就增添了新的成员，五只可爱的小狐狸顺利生产下来。虽然白娘子是第一次生育，但她像很有经验的妈妈一样，独自在洞中把五只小宝宝生了下来。

白娘子建造洞穴的方法确实是非常科学的，她把洞穴设计得合理舒适，那个横着的洞穴正好成了小狐狸们的小窝。这一切做得如此完美，我们只能赞叹母性的伟大。

刚刚出生的小狐狸们躺在洞穴里，他们小小的身体蜷曲着，样子看起来有点丑，如果你此时看到他们，一定会很惊讶，那么漂亮的父母怎么会生出这么丑的小宝宝呢？但是，在白娘子眼里，他们是世界上最可爱的小狐狸。白娘子非常疼爱自己的孩子，她趴在他们身边不停地搂着、舔着他们，无微不至地关心着他们。她不让任何人靠近自己的孩子，包括托米——小狐狸们的爸爸，因为她必须保证孩子们的安全，她真的怕托米一不小心伤到自己的宝贝呢！

白娘子在洞穴内对小宝宝们非常温柔，可是当她的丈夫要进洞的时候，她就会及时发出警告的吼声，那声音充满了恐吓的意味。托米没办法，只好把自己带回来的猎物丢在洞内隧道里就匆忙退了出来。他无奈地在洞穴门口转悠着，等待妻子允许自己进去。

这天，白娘子终于走出洞穴，她要到附近的河边喝水。当看到隐藏在土堆后面的托米时，白娘子竟然没有冲他吼叫恐吓，而是若无其事地径直朝河边走去。喝完水后，白娘子又慢慢走回洞穴。

白娘子生育后一直以原来储藏的老鼠为食，这些食物是白娘子在自己生育前就储藏下的。现在，储藏的食物快吃光了，她想到洞口去寻找，很快发现了托米扔在隧道里的三只老鼠。从那以后，托米天天给妻子送食物，虽然他仍然没有被获准进入卧室，不知道里面发生了什么，但本能告诉他，白娘子需要他的照顾。

小狐狸们健康快乐地成长着。一个月之后，他们第一次步履蹒跚地来到洞穴门口。这些小家伙长得又胖又粗壮，就像圆圆的毛线团，走起路来摇摇晃晃，很是可爱。

现在托米已经可以随意进出洞穴了。做了爸爸的托米和做了妈妈的白娘子都对自己的宝宝非常疼爱，他们时常带小狐狸们外出晒太阳，对他们又抱又舔。假如有一天，这些小狐狸们遇到什么危险，托米和白娘子肯定会挺身而出，哪怕牺牲自己的生命也在所不惜。

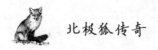
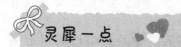

灵犀一点

　　当了爸爸的托米更多了一份责任。做好每一件该做的事情就是责任，它像水、空气、食物一样重要。

2

　　托米捕猎归来，发现库拉在自己家的洞穴门口吼叫，为了引开库拉，托米勇敢地迎着库拉跑去。

　　看着渐渐长大的小狐狸们，狐狸爸爸和狐狸妈妈感到非常幸福。这些小家伙像托米小时候一样，体格越来越壮实。但是，幸福中时常蕴含着不幸，不幸总是不期而至。

　　一天，托米刚刚捕到一些老鼠，准备拖回自己的洞穴。刚走近洞穴，没想到从自家洞穴方向传来一阵狗的叫声："汪汪汪！"托米听到这恐怖的声音，背上的毛不由得竖了起来。他大吃一惊，因为这声音对他来说再熟悉不过了，这个声音的发出者正是库拉。

　　托米极力控制着情绪，迎着库拉发出叫声的方向跑去。而此时，狐狸妈妈早已带着宝宝们藏到洞穴的最深

处。托米故意让库拉看到自己，目的是把这只恶狗引开。托米本打算轻松地从库拉眼前跑过去，但让他没想到的是，库拉竟然马上追了过来。托米没想到库拉反应这样迅速，他要从眼前这只狗的眼皮底下逃走，显然有些困难了。

库拉现在长大了，早已不是小时候那笨笨的样子了。他的奔跑速度很快，和年幼时的表现简直判若两人。

库拉是顺着白娘子的脚印一路追过来的，没想到半路杀出一个"程咬金"，托米突然出现在自己面前，这让库拉非常愤怒，他吼叫着，向着托米逃跑的方向追去。

托米东奔西跑，不停地变换着方向。他与库拉早已打过好几个回合了，他心里一直在想，现在应该也能把他顺

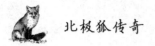

利地摆脱掉了。于是，托米像从前一样，做了几个迷惑性的小动作，但是被库拉识破了。库拉紧追不舍，好像已经完全掌握了托米的小把戏。是啊！库拉长大了，早已不是小时候的小笨狗了，他已有了对付狐狸的许多方法和技巧。

托米和库拉一前一后，一个跑，一个追，很是紧张。很快，托米瞅准机会，向远处的悬崖方向跑去。为了不让库拉识破自己的意图，托米假装向河边跑去，这样正好能把库拉引到通往悬崖的狭窄小道上去。

原来一直快速奔跑的托米故意放慢脚步，库拉一看，以为他跑累了，于是尽力加快了速度。这时，托米稍稍掉转方向，跑到那条通往悬崖的小道上。紧追不舍的库拉突然感觉到哪里不对劲，但当他看到前面跑着的托米在减速时，没有过多地思考，还是加速追了过去。库拉一边追一边给自己鼓劲：努力，再加把劲就能追上那只狡猾的狐狸了！我一定能追上的！眼看着就要追上托米的时候，托米已经到了那条小道的狭窄处，库拉一个猛子扑上去，托米忽然像旋风一样飞奔起来，好像浑身有使不完的劲似的。眼看到手的猎物又逃走了，库拉很是恼火，更加快了速度。糟糕的是，库拉已经误上了通往悬崖的小道，他比托米高大得多，身子根本穿不过那条狭窄的通道。由于惯性，库拉一下子被夹在了悬崖上，一侧的肩膀撞到岩石，接着又被岩石壁反弹了出去，最终掉到了悬崖下面的河水里。

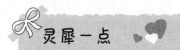

灵犀一点

　　在动物的生存法则中，精力、体力固然重要，会一点计谋，懂得声东击西，也十分重要。

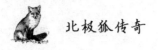

第十章　遇见母鹿

大自然中，狐狸的天敌无处不在。托米遇到从未见过的母鹿。

悬崖下面的河水冰冷冰冷的，水流湍急，漩涡一个接着一个。从悬崖上方掉进水里的库拉一下子沉到河底。他努力向水面上浮起，但被河水冲得晕头转向，很是狼狈。库拉拼命地想把自己的脑袋浮出水面，但湍急的河流很快把他翻卷进河水中。库拉在水中不知翻了多少个跟头，也不知有多少次被卷到河底，他的肚子里早已灌满了冰冷的河水。

湍急的河水把库拉冲上岸边，没等他站起来，又一个激流打来，把他像球一样抛到一块岩石上。这块隐藏在河水之中的岩石，像锯齿一样锋利、坚硬，只听"砰"的一声，库拉又被摔到岸上了。

这时的库拉已经没有刚开始追赶托米时的精神头了，他遍体鳞伤，还被灌了一肚子凉水，几乎要支持不住了。在那个夜晚，不管他如何努力，最终也没走回到主人的家里。这次遭遇让库拉好长时间不能自由走动，至于捉狐狸的事，他连想都不敢想了。

时间过得很快，又一年夏天到来了。

有一天，托米正躲在一个山丘的茂密丛林中等待着自己的猎物，突然，他闻到了一股特殊的气味。托米循着这股气味一路走去，走了没多远，他看见一只从未见过的庞然大物站在那里。这个庞然大物浑身又红又亮，还有许多白色的斑点点缀在身上，那股气味就是他发散出来的。

托米在他身后停了下来，紧盯着他，并做好从他身边逃走的准备。这只庞然大物一动不动，像是死了一般，全身都快奄拉到地上了。他的眼睛睁得大大的，一眨一眨地注视着周围的一切。此时，他也看到了托米，闪闪发光的眼睛里透着疑惑和怯懦。

托米已经看出了这只庞然大物的胆怯，他忽然来了兴致，想弄清楚这只动物是什么。

托米不知道，眼前这只庞然大物其实不是什么特别的动物，而是一只小鹿。这个森林里以前很少有鹿出现，所以托米在这之前的确没有见过鹿，也就对鹿一无所知了。

托米小心地向那只小鹿靠近，眼看就要钻到这只动物的肚皮底下了，谁知小鹿忽然站了起来，发出悲哀的声音，想从这片草丛中逃走。

小鹿的样子非常可爱，这使托米的兴趣更加浓厚了。于是，他紧紧跟在小鹿身后。小鹿跑了起来，踩在地面的脚发出"咚咚咚"的声音，就像是有什么东西使劲打击地面一般。但很快，托米发现这声音并不是他前面的小鹿发出来的，而是从自己身后传来的。

托米赶紧回头一看，一只气势汹汹的动物跑了过来，她像一只怪物一样，样子有些可怕。原来这是小鹿的妈妈。此时，鹿妈妈背上的毛倒竖着，瞪着的双眼好像燃烧的火焰一般。托米见到这个凶狠的庞然大物很是害怕，刚要溜走，鹿妈妈便以迅雷不及掩耳之势，三步并作两步追上了托米。

追上托米的鹿妈妈，毫不客气地伸出一只后腿，踢打着托米。好在托米身体灵活，一下子就躲闪开了。第一招失利，鹿妈妈又用身体一次又一次地撞击托米，但也被托米一次次地躲开了。

托米快速向森林逃去，没想到，鹿妈妈也跟着追了上来。她再次伸出脚踢向托米，没想到一下子踢到了树上。托米没受任何伤害，鹿妈妈的脚却被树碰撞得生疼。于是，鹿妈妈决定放弃追击托米，转身回去找自己的宝宝去了。

这次遭遇让托米明白了一件事，那就是自己的见识还是太少了。他不认识的动物之中，可能潜伏着自己的敌人。其实，对于狐狸来说，可怕的还不止这些，还有布多叔叔家那两兄弟设置的捕捉狐狸的夹子。

灵犀一点

　　第一次见识到母鹿的威力，让托米意识到，世界上还有许多他不知道的敌人。可见，在任何时候都不能盲目地骄傲自大。

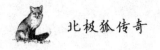

第十一章　狐狸夹子

农闲的时候，出门捕狐狸的农民多了起来。面对五花八门的诱捕方法，托米会怎么应对呢？

布多叔叔家的孩子对这种夹子利用得并不理想。他们有时把夹子放在森林里，一年半载也不去看一下。这样，即使夹住狐狸，也是那种很笨的狐狸，只要头脑稍稍灵活的，都会躲开夹子。而对于比较聪明的狐狸，要躲开这种夹子是一件很轻松很容易的事情。不仅如此，狐狸还会嘲笑放这种夹子的人，感觉这样的人是愚蠢的。

在托米经常来往的路上，时常能看到布多叔叔家的兄弟俩设置的捕狐狸的夹子，托米每次看到都会嘲笑一番。有时，他也会停下来，上前仔细查看一下这些夹子，并在附近石头或者树林上轻蔑地撒上一泡尿。

不久，布多叔叔家的孩子们又学会了一种新的捕捉狐狸的方法，用的是一个樵夫送给他们的一种东西，是一种能够吸引狐狸上钩的带有特殊气味的药。这种药是从海狸身上提取出来的，然后再和苦苦的艾草放在一起榨汁，同时加入各种材料混合而成。

这位樵夫在给孩子们讲述这种药的时候，特别强调说："这种药很特殊，只要你用上两三滴，就会让人发晕。这种气味对狐狸很有吸引力，因为这是他们喜欢的味道。只要闻到这种药，狐狸就会不由自主地跑过来，就像吃了迷幻药一样。你们可以把这药涂在捕狐狸的夹子上。"布多叔叔家的孩子听了非常高兴，他们迫不及待地拿着这种药来到森林，找到原来他们布夹子的地方，按照樵夫的指导，把这种药水小心地涂在捕狐狸的夹子上面。

就在布多叔叔家的孩子再次放好狐狸夹子的第二天，托米像往常一样来到森林，他老远就闻到一股十分诱人的味道，就像樵夫所说的一样，这气味吸引着他快速朝着发出气味的方向跑去。

托米一边跑，一边使劲嗅着，那气味让他感觉非常舒服。他很好奇，不知道发出气味的是什么东西。他循着气味一路搜寻，在大约两公里处，来到了一个非常熟悉的地方，这个地方正是布多叔叔家的两个孩子放捕狐狸夹子的

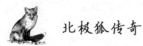

地方。

托米一直瞧不起这兄弟俩所放的捕狐狸的夹子，平日里看到夹子，他一般都会安全地躲开。但今天是个例外，托米没有立刻离开，他感觉这个夹子四周的环境与以往有所不同，原来脏兮兮的烂泥河岸，此时在阳光的照射下竟然变得如此美丽。其实托米不知道，这就是那种迷幻药的作用，不知不觉，他已经吸入太多这种药水了，以致产生了强烈的错觉。

托米的鼻子不停地翕动着，继续呼吸着这种神奇的气味。他边闻边走，就像喝醉酒一样，整个身体摇摇晃晃，步履飘忽不定。托米还情不自禁地发出一种声音"呵——呵——"，像是很陶醉的样子。渐渐地，这种奇妙的感觉

传遍托米的全身，他就像被施了魔法一样，让气味吸引着一步一步向幻境走去。

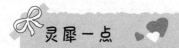

灵犀一点

布多叔叔家的孩子用迷幻药发出的气味吸引着托米。有诱惑的地方，通常也是有陷阱的地方。

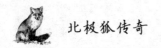

第十二章　幸运得救

　　布多叔叔亲自出马，重新布置了狐狸夹子，这次托米没有这么幸运，被夹住了一条腿……

　　看着眼前的狐狸夹子，聪明的托米意识到有问题了，但是为时已晚，他已无法控制自己的行动，只能任凭自己向捕狐狸的夹子走去。那种令他陶醉的气味太有诱惑力了，摇摇晃晃的他已经完全被这种气味迷幻住了。

　　走着走着，托米突然一下子趴倒在地上。他头拱着地，伸展着四肢，原来美丽的皮毛凌乱地散在地面上。他差不多快要晕过去了，完全陶醉在幻觉之中。突然，"咔嚓"一声，那只狐狸夹子弹了起来，把托米的后背紧紧地夹住了。

　　巨大的疼痛使正陶醉于美梦中的托米不由得"啊"的

惨叫一声，他一下子从幻觉中惊醒，站起来，前肢用力伸向后背，硬生生地把背上的夹子挣脱开了。好在夹子夹得只是后背，如果夹在腿上的话，想必后果会更严重。

托米忍着剧痛，赶紧逃走了。而布多叔叔家还和以前一样，饲养的鸡鸭仍然不时地丢失。

看到自己家的鸡越来越少了，布多叔叔很是生气，他时常大发脾气。一天，他对自己的孩子说："你们有什么能耐？连狐狸偷鸡的事都解决不了，我还是亲自去放置那些狐狸夹子吧！"布多说完，就向森林走去。

布多叔叔家的孩子所下的夹子确实有问题，这些狐狸夹子必须用点燃的杉树枝熏一遍，直到把夹子上的铁锈味熏掉才行。布多叔叔没有用樵夫给的药水，而是把铁夹子上迷幻药的味道也用烟火熏除掉了。

事后，布多叔叔对孩子说："这种药的气味对比较笨的狐狸才会起作用，聪明的狐狸一旦发现有异样，就会非常警觉，甚至根本不会靠近。要明白，对狐狸来说最有用的还是大自然中原有的味道。"两兄弟还是不明白，于是问道："那是什么呢？爸爸？""不是别的，就是鸡血啊！"说完，布多叔叔像是一个专业的猎手一样，把狐狸夹子放好，然后将杉树枝放在夹子上，又把小块鸡肉放上，最后，还在夹子上撒了许多新鲜的鸡血。

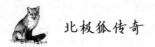

一天夜里，托米被鸡肉的气味吸引到夹子的摆放处。他兴奋极了，自言自语地说道："太好了！这里还有美味等着我呢！"但是托米马上想起了上一次的惨痛经历，于是，另一个声音在内心响起："天呢！太可怕了！"但是，这一次他没有闻到那种诱人的味道，而是闻到了一股烟火的气味。托米想，能烧出烟火味道的只能是人！这种想法让他一下子警觉起来。

托米没有继续往前走，而是向旁边靠去，前面那种烟的味道越来越淡。托米仍在思考，人实在太可怕了！想到这里，他慢慢向后退去。突然，"咔嚓"一声，一阵剧痛立即传遍托米的全身。原来，托米的脚被布多叔叔家的捕狐狸的夹子给夹住了。托米被突如其来的状况弄得不知所措，他"嗷"的一声想跳起来逃跑，可是被夹子给拽了回来。原来，这个铁夹子是拴在一条长长的链子上的，而链子的另一端被系在了一个木桩上。

托米干脆在地上打起滚来，他想了很多办法，就是无法把自己的腿从那个夹子里拔出来。这次和上次完全不一样，上次只是夹住了后背，托米一使劲就可以把它挣脱。而这次这个铁夹子特别坚硬，紧紧地夹住了托米的一条腿，让他动弹不得。

整整一天的时间过去了，托米一直在地上翻滚着，挣扎着，他脚上的血水一直流个不停，把身上的皮毛都染红了。他被铁夹子折磨得生不如死，一想到自己可能因此丢掉性命，就心生不甘。他暗暗向上天祈求奇迹发生，让他脱身逃离这里。

天快亮了，突然有脚步声传来。托米喘着粗气向声音传来的方向看去，这一看又惊出一身冷汗。原来，来的不是别的，正是前几天遇到的那只要袭击自己的可怕的母鹿。

母鹿也看到了托米，见他是自己前几天刚刚遇到的狐狸，所以非常警惕。和上次一样，母鹿身上的毛倒竖了起来，她径直朝托米冲了过来，开始攻击。

托米拖着那个夹子，想跳起来躲开，但是夹子被铁链子拴着，托米又被拉了回来。

这时，母鹿似乎明白了托米不能自由行动的原因。她变得从容起来，想踢死这只狐狸的念想更加坚定了。她放慢自己的脚步，瞪着托米，那样子可怕极了。走到跟前，她使出全身的力气往上跳了起

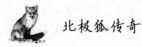

来，然后把自己的力量全部聚集在脚上，飞快地向托米踢了过来。

只听"咔嚓"一声，母鹿的蹄子碰到了坚硬的东西。只见母鹿从空中落了下来，而一直被夹子夹住的托米竟然一下子恢复了自由。瞬间，托米站起来转身就跑，虽然那只已经摆脱了夹子的脚依然麻木、酸痛，但他还是用自己另外三条腿一颠一颠地跑开了。为了躲开母鹿的攻击，托米不敢停下来，当他看到前面有个栅栏的时候，他想都没想，一下子钻了进去。

灵犀一点

常在河边走，哪能不湿鞋？托米最终还是被平日里他嘲笑的布多叔叔家的铁夹子夹住了一只腿。在危险面前千万不能存有侥幸心理。

第十三章　劫后余生

托米虽然逃脱了，但那个铁夹子把他的一条腿伤得很厉害，有一段时间他只能用三条腿走路了……

托米之所以能够恢复自由，恰恰是因为刚才那头母鹿用力踢的那一脚，那一脚刚好把捕狐狸夹子上的弹簧给踢开了。夹子松开的一瞬间，托米抽出脚，得以脱逃。正是想害托米的母鹿救了他，这让托米感慨不已。

经过这次历险，托米再次领略到敌人的厉害和凶残，于是，在以后的行动中，他把自己的安全放在了第一位。在他此后的生活中，他之所以能多次躲过铁器和人类气味的东西，就是因为他非常注意安全。只要有与平时稍有不同的气味传来，他都会绕道而行，再也不像从前那样好奇地去看个究竟了。因为他知道，这些东西也许可以在不经

161

意间把自己害死。他已意识到，凡是自己不了解的东西，都有可能是敌人，要避而远之。

那一年夏天，托米一直都在用三条腿走路，这对他捕食是极为不利的。所以，他只能到山脚下的农户家周围寻找一些现成的东西来吃。但他对人类是充满恐惧的，所以，只是在农户家的果园里、森林的边上和广阔的院落尽头寻找食物，而不敢像从前那样直接进入农户的厨房。

一次，托米躲在一处草丛里，看到对面有亮光，仔细一看，原来是火鸡的眼睛。此时，那只火鸡正在草丛里下蛋，正当托米想着如何下手时，身后传来一个声音。他立即转过头来，看到一个小女孩，手里提着一个小篮子。只听那个小女孩"啊呀"一声，随即惊喜地说："这不是那只可爱的狐狸吗？"接着，她向托米问道："你躲在这里干什么呀？是不是想做坏事啊？"托米当然不明白小姑娘的话是什么意思，但他能感觉到，这个小女孩与其他人有所不同，她对自己非常友好，没有一点恶意。托米歪着脑袋看着面前这个小女孩，只见她一边温柔地说话，一边低头从篮子里拿出一样东西扔了过来。

天呢！小女孩扔过来的东西气味太美妙了，托米赶紧把它叼在嘴里，然后匆匆逃离而去。

又过了两三天，托米再次来到上次发现火鸡的地方，因为这次他想捉住那只火鸡。但是，他刚走到火鸡周围，就发现有很浓的铁器味道，于是，他小心地后退了几步，轻轻地转过身，去其他地方觅食了。

那只火鸡周围的铁器味道其实就是小女孩弄出来的。上次她发现这里的狐狸之后，想到那只狐狸可能会伤害到火鸡，所以就想了一个办法，既能保护火鸡，又不至于伤害到狐狸。这个办法是她爸爸教给她的。那天小女孩回到家，把遇到狐狸的事情跟爸爸说了，她向爸爸请教在狐狸和火鸡都不受伤害的情况下，有什么两全的办法。她的爸爸告诉她说，只需在火鸡窝周围放上一些铁片，狐狸只要闻到铁的味道，就不会上前了。

这个办法真的不错，托米一闻到铁片的气味，就远远地躲开了，他不敢轻举妄动，也不敢再对那只火鸡有什么企图了。

托米离开火鸡处，没多久，就在一户农家的庭院外发现一只老母鸡。那只老母鸡趴在地上，丝毫没有觉察到周

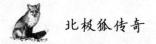

围的危险。

托米决定行动了，他以迅雷不及掩耳之势，快速跑上前去，一口咬住老母鸡的脖子，一下子就把她给咬死了。托米一刻不敢停留，迅速拖着老母鸡向森林深处跑去。他把老母鸡放在一处草丛里，用后腿刨了许多土，把老母鸡埋了起来。

之后，他又重新回到那个庭院，把老母鸡刚刚下的蛋一块偷了过来，也给埋了起来。做完这一切之后，托米把身上的气味清除了。他还不是太饿，所以，把鸡和鸡蛋埋藏起来，想在日后找不到食物的时候再吃。但是，托米没想到的是，这些鸡蛋放的时间久了，会腐臭变味。

其实，对于腐臭的东西，那些野生动物是不介意的。因为他们在饥饿的时候常常饥不择食，只要填饱肚子即可，对于食物是否新鲜并不是特别在意。

埋好鸡蛋后，托米又把刚刚埋好的鸡挖了出来，然后叼着那只母鸡回家了。不用说，那只鸡给家里的小狐狸们带去若干快乐。

整个夏天，托米一直拖着自己那条受伤的腿捕食，即使有敌人出现，他也很难快速逃跑。但是，幸运的是，一直追逐托米的库拉也在追赶托米时受了重伤，甚至连走路都成了问题。这样，托米就不用担心库拉会突然出现了。

如此一来，托米倒是捕捉了好多猎物，他感到狩猎其实是件很快乐的事。

那个夏天，托米几乎每天都能擒到猎物，而且他捕捉到的猎物五花八门。不管是什么猎物，他都会拿他们来训练孩子们的捕猎水平。

一天，托米来到河边，河岸四周及河面上空弥漫着一层雾气，他发现一只香鼠正在河边吃河贝，于是，托米偷偷靠近那只香鼠，也许正是因为那层雾气，香鼠并没有发现托米，只顾着自己"咔嚓咔嚓"地咬着河贝。托米轻轻地靠近香鼠，然后一下子扑了上去，一口咬住了香鼠的后背。香鼠"吱吱"地叫着，挣扎着张口要咬托米。一时间，托米竟然对这个不肯就范的小东西不知如何是好了。

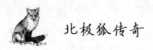

最后，托米把香鼠拖回了家。一到自家洞穴，托米就把香鼠扔向自己的孩子们。小狐狸们盯着香鼠看了一会儿，还没断气的香鼠惨叫着跑向洞穴一侧。香鼠的这个动作激发了小狐狸们的兽性，他们立刻一拥而上，围着小香鼠又撕又咬。

可怜的香鼠根本不是一大群狐狸的对手，香鼠的体型虽然比普通老鼠略大一些，牙齿也锋利一些，但与狐狸相比就不占优势了。

五只小狐狸把这只香鼠围在中间，就像一群猎狗围住一头小熊一样，等待香鼠的只能是成为小狐狸肚子里的美食。双方对峙了片刻，一只最壮实的身上皮毛全是黑色的小狐狸率先冲了上去。就这样，小狐狸和香鼠的战斗拉开了序幕。

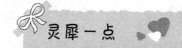

灵犀一点

吃一堑，长一智，托米自从铁夹子下侥幸逃生，变得小心翼翼起来。其实，对于生命来说，安全生存下去才是最重要的。

第十四章　捕获大雁

　　每年秋季，托米居住的大山上都会有路过的大雁做短暂停留，能够捕捉到一只大雁成了托米和他妻子的一个梦想。

　　那只小狐狸经过对香鼠的一番观察后，把香鼠身上的要害部位都已摸得一清二楚了，几个回合之后，他一下子咬住了香鼠的喉咙，香鼠顿时断了气。

　　就在小狐狸们进攻那只香鼠的时候，托米与白娘子什么都没有做，他们夫妻俩只是静静地在旁边观战，不曾上前帮忙。本能告诉他们，小狐狸们需要这样的锻炼，这是适应自然界生存法则的重要一环。只有这样，小狐狸们才能在大自然中立足。

　　小狐狸们一天天长大了，他们的个头越来越大，已经

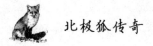
和他们的母亲差不多高了。这也意味着这个快乐的大家庭已面临分离的时刻。首先离家独立的是小狐狸中个头最大的哥哥，然后是剩下的小狐狸中最强壮的，最后，五个小狐狸都独自出去捕猎生活了。洞穴重新恢复到原来的样子，家里只剩下托米和白娘子了。

夫妻俩也不像从前那样形影不离，时常分开行动。他们只是定时回洞穴团聚，在一起时依然恩爱无比，互相帮助，相互安慰。

时间是最好的良药。随着时间的推移，托米和白娘子渐渐忘记了与孩子们分离的痛苦。他们依然是一对恩爱的夫妻，本能告诉他们，只有夫妻是不会分开的，分开就意味着一方死亡。

托米的脚伤直到秋天才痊愈，伤病痊愈的托米依然是森林中跑得最快的狐狸。慢慢地，自信重新回到托米身上，他每天都好像有使不完的力气，浑身散发着勃勃的朝气。

托米在自己生活的大山中遇到过数不清的同类，但没有一只狐狸能跑得过他。在这片土地上，除了库拉有点难对付之外，其他动物对他来说都没有太大的威胁。即使这样，托米还是经常锻炼自己的耐力、速度和力量，时刻为某一场战争做好充分的准备。

在大山中，每年都会有成群结队的大雁飞到这里生活。这些大雁伸着长长的脖子，扯着大喇叭似的嗓门"嘎嘎"地叫着，在这片广阔的森林上空飞翔。他们有时会在山丘上停留下来，对他们的旅途做短暂的调整。有时也会在山上休息几日，找一些食物填饱肚子，然后继续他们的长途旅行。

每当大雁路过这个大山的季节，森林中总会传来阵阵枪声，那是人类在用手里的猎枪捕杀大雁。一天，托米和白娘子刚走出自己家的洞穴不远，就发现附近河水中漂着一只死去的大雁。他们夫妻合力，把那只大雁从水里拖到岸上，然后分着吃了。这只大雁是被猎人用枪击中后挣扎着逃到这里的，没想到最终还是因为伤势过重，没能活下来。

自从看到大雁来到这里，托米就时常幻想着有一天能够亲自捕捉到一只大雁。可是，大雁总是飞翔在高高的天空，或者栖息在高高的树枝上，狐狸与大雁很少有机会遇到。但是，这并没有让托米死心，他在等待遇到大雁的时机。只要有机会，托米认为自己一定会捕捉到大雁，他对此充满信心。

一天，托米和白娘子又来到河边觅食，这时，一群大雁落在河边的田地里。田地里的庄稼已经收割完毕，只剩下光秃秃的秸秆立在风中。托米和白娘子悄悄爬上河岸，注视着田地里的动静。偷看了一会，托米发现要在毫无遮挡的田地里靠近那些大雁而又不被发现，实在是太困难了。

他和白娘子低头耳语片刻，想出一个非常巧妙的办法来对付这些大雁。只见托米悄悄躲藏在一处茂密的草丛中，那片草丛一直延伸到田地的中央。而白娘子也隐藏在田地四周的草丛中，采用迂回前进的方式，慢慢向前靠近。就在这时，田地里的大雁一个个都伸长了脖子，因为他们已经发现了在草丛中移动的白娘子。

大雁们你看看我，我看看你，"嘎嘎"叫着，好像在说："大家注意了，有狐狸出现！大家小心了，注意安全！"他们提醒着伙伴，也提醒着自己。

　　这时，白娘子已经意识到大雁发现了自己。她干脆跳了起来，故意在地上打了个滚，然后轻轻地匍匐前进。前进了一会儿，白娘子又把尾巴卷曲着，故意左摇右摆，让大雁们看到。她以这样的姿态走一会，停一会，慢慢地向那群大雁靠近。

　　伸长脖子的大雁们对白娘子的一举一动都看得清清楚楚。因为狐狸距离他们还有好长一段距离，所以，他们并没有急于飞走，认为等狐狸再靠近一些再飞走也不迟。

　　于是，白娘子就这样一会儿前行，一会儿趴下，走走停停，目的就是为了靠近大雁。这样的方法是狐狸捕捉大雁或者鸭子常用的方法。没人教他们这样的方法，他们这样做只是出于本能，或者说是出于智慧。

　　田地里的大雁中有一只年龄较大的，经验比较丰富。他看到狐狸这样做时，意识到大雁要有危险了，他大喊一声："危险!"便开始后退。其他大雁闻言也跟着向后退去。

　　就这样，一个进，一群退，这群大雁渐渐与白娘子拉开了一段距离。可是，大雁们只看到眼前的危险，却在不知不觉中退到了田地中央的草丛处，而且完全没有发现身后的草丛中还躲藏着另一只更危险的狐狸——托米。

　　大雁们离田地中间的草丛更近了，当这些大雁感觉到

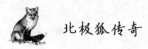

他们可以安全起飞时，托米从身后的草丛中窜了出来，一口咬住了那只最年长的大雁。他和白娘子终于实现了捕捉大雁的梦想。

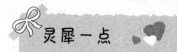 灵犀一点

　　世上只有想不到的事情，没有做不到的事情。因此，只有肯动脑筋、想办法，才能实现自己的目标和理想。就像托米和白娘子夫妇运用计谋捕猎大雁一样。

第十五章　再遇库拉

再次遇到库拉的托米吃了一惊，原来库拉有了很大的变化，他会变成什么样呢？

托米与白娘子自从结为夫妻，感情日渐深厚，他们每次一起行动都很默契。不久，树叶开始从枝头飘落，这预示着深秋就要到来了。

从以往的日历来看，每到十一月份，森林里的动物都会有异样的行动，这时，他们往往变得特别忧郁，就连叫声都是那么悲凉。如今，这种情况依然如故，托米和白娘子也不例外。每次一到秋天的月圆之夜，他们的举动都会有些不同，他们忧虑、焦躁，叫声悲凉。

这时，托米会坐在一处山丘上，把自己的鼻子高高地扬起来，朝着天空奋力地大喊："嗷——嗷——"长长的

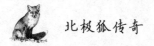

声音发出之后，远处总会有一些狐狸高声回应。听到回应的托米马上向着大山上没有草木生长的最高峰攀登。在那座大山的顶部，聚集着几只狐狸，周围全是岩石，那里一面是悬崖，一面是通往山下的小路。

托米会把自己完全隐藏在全是岩石的悬崖上，然后仔细地观察着周围的状况。这时，一只狐狸出现在托米身边，她就是托米的妻子白娘子。

山顶上狐狸的身影越来越多，很多狐狸从四面八方不同的地方远道而来。他们全都猫着腰，走向那个山顶。当他们到达山顶后，就互相对视着坐下来，大家谁也不说话，只是沉默着。

"咕噜噜——咕噜噜——"，托米一边叫着，一边来回走着。其他狐狸也学着托米的样子，一边叫一边在原地走来走去。就连白娘子也是这样，好像谁也不认识谁似的。

这个夜晚，直到月亮落到西山之后，这些疯狂喊叫走动的狐狸才结伴离开，最终各回各家，消失在大山的各个角落。

没有人知道，在这样的夜晚，他们为什么会有这样的举动，目的是什么，这样做代表什么。他们的走动既不是为了爱情，也不是为了食物，更不是为了打斗、争地盘。

冬天来到了，森林的大部分树叶已经飘落。狐狸们的恋爱季节也早已结束，他们只在春季恋爱。而冬天来了，春天也就不远了。

托米比以前更加聪明，也更加小心谨慎了。他在翻越山丘时，不再像从前那么鲁莽，一下子就越过山丘，而是在山顶稍停片刻，仔细观察一下四周的情况，前后左右看个清楚，确定没有危险了，才爬过山丘。

一天，托米在翻过几个山丘之后，往家里走去，他在山上眺望时就看到前面有一群绵羊，而绵羊身后有一只身材很大的猎狗。

猎狗很快就追上了前面的绵羊群，他猛地冲上去，咬住其中一只羊的喉咙，那只绵羊很快就死掉了。更让人感到不可思议的是，那只大狗接连咬死了三四只绵羊，那速度、那凶残劲叫人不寒而栗。那只猎狗就是库拉。

看清楚是库拉之后，托米吃了一惊，他没想到库拉会变得如此凶残。就在这时，突然传来"砰砰"两声枪响，库拉立刻躲到附近的岩石后面。紧接着又是一声枪响，库拉被击中了，他带伤急忙向

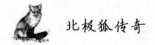

山下逃窜而去。

库拉跌跌撞撞逃到岩石下边的一处山谷，山谷底部是一条小溪，库拉连忙跳进水里，钻进了水底，然后顺水而下。等到打枪的人赶到山谷，放眼一看，山谷里早已没有了库拉的踪影。

听到枪声的托米也急忙逃跑了，他本想穿过前面的山野，没想到让打枪的人发现了他。

那个人显然是绵羊的主人，一下子损失了三四只羊，他都气坏了，简直愤怒到了极点。他本想顺着地上的血迹一路追击，但受到惊吓的羊群早已乱了阵脚，四处乱窜起来。羊群把地上的血迹踩得模糊不清了，主人无法继续追寻下去，气得浑身发抖，恨不得把咬死羊的凶手碎尸万段。

羊群的主人大声咒骂着，因为看不清吃羊的动物留下的足迹，就以为刚刚看到的狐狸是凶手。他恨恨地说："可恶的狐狸！一定是他干的好事，等着瞧吧，我一定把他逮住，亲手宰了他！"于是，羊群的主人鼓动附近居民去捕捉那只狐狸，但是大家的响应并不热烈。一直到来年三月，附近的羊还是不时地被咬死，人们才惶惶不安地主动要求去猎杀那只狡猾的狐狸。

但是，人们心中也有一个疑问，那就是为什么被咬的羊身边总是有大狗的脚印？到底是狗干的，还是狐狸干的？人们虽有疑问，但多数人还是怀疑是狐狸干的坏事，他们甚至很肯定地说："咬死羊这件事只能说就是生活在大山里的狐狸干的，别的动物根本做不出这样的事！"

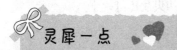

灵犀一点

狐狸之所以被人误会，是因为他正好出现在库拉咬死羊的现场附近。其实，很多情况下眼见才能为实，没有亲眼所见，只凭主观臆想，就容易做出错误的判断。

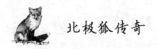

第十六章　顽强求生

　　怀孕的白娘子遇到猎狗的追击。为了救白娘子，托米奋不顾身地引诱猎狗朝自己追击。

　　人们要捕捉狐狸的决心更加坚定了。在这些人群中，一部分是家里有羊被咬死的，一部分是专业猎户，他们都想捉到那只狐狸，扒下他漂亮的毛皮。就这样，捕猎队伍中的每个人都各怀心事，怀着不同的目的，几乎全体出动了。

　　但是，也不是所有的人都对这事感兴趣，长成少年的阿布就没有参加这次捕猎活动。因为他们家一向与布多叔叔家不和睦。那天他去别的地方狩猎了。

　　这天，庞大的狩猎队伍中的一只小队先出发了。此时，托米的妻子白娘子正在河流上游的山谷走来走去，悠

178

闲地转悠着，这一年和上一年一样，托米和白娘子一直都生活在白杨树的洞穴里。

进入山谷的猎狗很快闻到了狐狸的味道，他们循着白娘子的气息一路寻来。捕猎队伍中的农户和猎人一起跟着猎狗往前走，还有一些看热闹的人也跟在猎狗后面。他们手里紧紧握着猎枪，有猎狗负责追赶寻找狐狸，他们感觉轻松多了。

白娘子听到猎狗的叫声，赶紧找地方躲藏起来。猎狗的叫声越来越近，白娘子听出来他们已把自己当成捕杀的对象。

白娘子开始奔跑起来，但是她跑得非常吃力，因为她又怀孕了，而且再有两三天她的宝宝就要出生了。白娘子

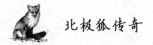

的身躯已经相当笨重，但是，无论如何她必须逃走，为了肚子里的孩子，她也不能坐以待毙。

白娘子转身向山谷底部的河流跑去，因为河水可以帮助她消除自己的气味。但是，这天白娘子实在不怎么幸运，河边的冰雪才刚刚开始融化，地面非常泥泞难走，不一会儿，白娘子的全身就被泥巴溅满了，她的脚上、尾巴上、肚子上，甚至脸上，都糊满了泥浆。地面又湿又滑，她有好几次差点摔倒。

阳光强烈地照射着地面，积雪融化得更快了。此时，白娘子的体力已消耗了很多，她差不多都快没力气了，连尾巴都耷拉下来了。通常情况下，狐狸的尾巴是微微翘起，走起路来左右摇摆着的，只有身体不好或者没有力气时，尾巴才是耷拉着的。即使如此，白娘子依然没有放弃，她拼尽全力在那条泥泞的道路上奔跑着、挣扎着。

山上的积雪融化成水之后，全部顺坡流到河底，河水也跟着上涨了。河上原来那座用原木搭成的桥也被河水打湿了。白娘子本想顺着这座桥跑到河对岸，没想到刚跑到桥中央，脚下一滑，白娘子一下子掉到桥下冰冷的河水里了。

河水湍急，一下子把白娘子冲出好几米远，她挣扎着，奋力向河边游去。由于怀孕，再加上身上的皮毛全部被水打湿，白娘子的身体更加笨重了。好不容易爬上岸边，白娘子发现自己根本没有力气再跑下去了，她急忙高声呼救："呜嗷——呜嗷——呜嗷——"。很快，托米听到了妻子的呼救，他立刻大声回应着。听到丈夫的呼应，白娘子心里安慰了许多。

托米像一阵旋风一样飞奔而来，他一看白娘子的遭遇，立刻明白了她的处境。于是，托米向前跑过一段距离，又返身跑回来，把白娘子的脚印踩得乱七八糟的。这样，敌人就很难凭借脚印追踪下去了。

那些猎狗的叫声越来越近了，但托米和白娘子并没有逃走，因为白娘子已经跑不动了。托米等到猎狗继续靠近，三百米、二百米、一百米……直到猎狗的叫声在耳边响起，托米才一个箭步跑了起来。猎狗发现了托米，紧跟着追了上来。

托米引着猎狗们离开了白娘子藏身的河边，在雪野中横穿过去。他拼命在前面奔跑，猎狗紧追不舍。就在这时，只听"砰"的一声枪响，托米腹部一侧中弹了。托米只感觉好像被什么烫了一下，一阵剧痛立刻传遍全身。托米明白，这疼痛不是猎狗咬伤的，而是来自人类的猎枪。托米不敢停下来，忍着剧痛一口气跑了十多公里。

跑着跑着，前方出现一个铁路十字岔口，托米没有犹

豫，奋力直行一千五百多米，然后又转到另外一条岔道上，继续向前奔跑。

托米成功摆脱了猎狗的追击，那些猎狗跟着跑过铁路岔口，从另一条道路继续往前追击，结果跑到尽头发现没了托米的气味。他们只好无功而返，放弃追赶托米，重新回到原来的那片森林。

托米对跑来的这个地方十分陌生，他一时找不到方向，不过，他相信自己会回到妻子的身边，找到回家的路的。

放松下来的托米感到伤口一阵疼痛，而且，他的肚子也开始"咕咕咕"地叫起来，他饿了，可周围没有任何可吃的东西。

托米在自己的领地埋藏了许多食物，那些埋藏的食物可以在紧急情况下保证他的生活。但是，现在，他回不到自己的领地，只好另想办法解决饥饿的问题了。

就在这时，远处突然传来一群猎狗的叫声。这让托米吃了一惊，他身上的毛立刻竖立起来。托米抬头一看，差点晕过去——对面山丘上有三四十只猎狗正乱叫着向山丘跑去，这群猎狗的后面还跟着十几个手持猎枪的人！显然，是托米自己身上的气味把猎狗吸引过来了。刚刚追赶自己的不过才三四只狗，现在一下子出现数十倍的敌人，托米不敢想象自己会面临什么样的局面。

托米完全丧失了方向感，不知该向哪个方向逃跑，他从没经历过这样的场面，尽管自己已经筋疲力尽，还是拼命地往后跑去。

托米没命地跑着，从一个山丘到另一个山丘，他不知道自己跑了多久，只是感觉四肢麻木，只能机械地迈着步子。天上的太阳仍然无情地照射着，好像是对托米无情的嘲讽。地上的冰雪已经融化，弄得托米浑身全是泥浆，他已经疲惫不堪了。

托米在心里暗暗祈祷，他不期望有什么神灵保护，只期望夜晚快些降临。因为只有到了晚上，气温下降了，河水才会结冰，那样，他就可以把那群猎狗引到河面上来，设法让他们掉进冰水河中。

其实，那群猎狗已筋疲力尽，紧跟其后的人也疲惫不堪，他们渐渐慢了下来，只剩下一个高个子少年看起来还精神抖擞。这个少年不是别人，正是阿布，阿布的确长大了，变得与众不同起来。

那天阿布参加的是另一个猎狐小队，并没有带上自己的猎狗库拉，当他看到托米时，才恍然大悟，心想：原来大家要捕捉的是这只狐狸啊！

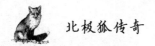 北极狐传奇

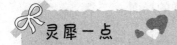 灵犀一点

　　为了救妻子，托米奋不顾身，吸引着猎狗追赶自己。爱情和亲情的力量是伟大的。

第十七章　死里逃生

托米被三十多条狗追赶，肚皮上还挨了一枪，他最终能脱离险境吗？

托米依然在融化的泥泞路面上奔跑着，他受伤的肚皮越来越疼，就连呼吸也有些困难了。他的奔跑速度开始减慢，不久，他来到一户农家的外面，那户农家有三间房屋，于是他跑了过去。他看到那家门口站着一个小女孩，托米认出她就是提着篮子在森林里采摘果子的那个小姑娘。

托米跑到小女孩面前趴了下来，为什么见到那个小女孩并不害怕，为什么要趴下来不再逃跑，托米自己也不明白。但他冥冥之中好像知道，现在只有这个小女孩能救他了，而且他也感觉到，小女孩一定会救他的，也许这就是上天的安排。

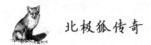

追赶托米的猎狗群越
来越近了，小女孩看到如
此庞大的猎狗队伍，二话
没说，抱起托米就往家跑，
回到家后赶紧把门窗关好。

追赶托米的猎狗都涌
到这家农户的窗前，他们
狂叫着，来回走动着，乱
成一团。猎人们随后赶到，他们拍打着这家农户的窗子，
大声嚷嚷道："快把狐狸交出来！我们看到他进了你家
了！"听到吵闹的小女孩的父亲走了出来，他嗓门很大，
一边走一边嚷嚷："交什么交？进到我家，就是我的了！"
这下围在窗下的那些人不愿意了，他们追赶了接近一天，
是不可能让小女孩的父亲这样渔翁得利的。女孩的父亲听
到那些人还在大声吵闹着，要他把狐狸交出来，很是心烦
意乱，打算交出狐狸。小女孩带着哭腔请求她的父亲不要
把狐狸交出去，小女孩的父亲犹豫了一下。他知道，自己
不可能因为一只狐狸得罪这么多的乡亲，他很是矛盾。

外面的人还在叫嚷："不行，我们退后四百步，让那
只狐狸自己跑出来，我们再放猎狗去追赶，这样就与你家
无关了！"小女孩听到这里，哭喊起来："不行，不能放！

他是我的狐狸，你们会杀死他的！不可以！"但是，小女孩终究没能说服她的爸爸，她的爸爸无奈地敞开大门，把受伤的可怜的托米放了出去。

托米再次奔跑在泥泞的路面上，刚才在小女孩家短暂的休息帮了他大忙。他重新焕发精神，在山丘上迂回奔跑，然后快速跑上山丘，他终于看到了自己所熟悉的景色，他又回到了自己的地盘！

忽然，传来另外一只狗的叫声，这只狗从自己的前方向他跑来，那条狗不是别人，正是阿布的猎狗库拉。

托米九死一生才跑回自己的领地，本想可以安全地跑回家，没想到刚刚摆脱了三十多条狗的追击，又让库拉截住了去路。而且托米知道，库拉早已变成一条凶残的猎狗，正是他做的坏事才给托米惹来了今天的麻烦。

此时，离托米最近的不是那三十多条猎狗，而是眼前的库拉。托米刚想从他身边跑过，库拉就追了上来。托米的脚已经磨出鲜血，但他知道自己不能停下来，他忍着疼痛，决定向悬崖那条狭窄的小路跑去。然而随着库拉一阵猛烈的怒吼，托米改变了注意，他掉头向河边跑去。

太阳已经下山了，红彤彤的夕阳把河面照得光亮迷人，河面上漂浮着许多冰块。看着眼前宽阔的河面，听着身后猎狗的狂叫，托米明白，自己唯一的出路就是渡到河

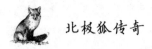

的对面，否则自己难逃噩运。

托米跑到河边，毫不犹豫地一跃跳上河中的一块大浮冰，那块浮冰摇摇晃晃随着水流顺流而下。这时，库拉也已到河边，他紧跟着跳上另一块浮冰。于是，一只狐狸和一只猎狗，各自乘着一块浮冰，一前一后，顺流而下。不知漂了多久，前方突然传来"哗哗"的水声，原来这里有一个瀑布。

这时少年阿布也赶到河岸，他看到了托米和库拉各自乘着冰前行的奇妙景象。

一直追赶托米的三四十只猎狗也赶到河边，他们只看到托米和库拉漂流的身影一闪而过。但就在这一瞬，他们听到一声长长的惨叫，那声音不是托米传来的，而是库拉掉下浮冰跌落瀑布发出的最后的呼唤。

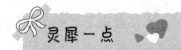
灵犀一点

托米之所以能够死里逃生，依靠的是顽强的毅力、强健的体魄和聪明的头脑。只有自己强大，才能有能力保护别人。

第十八章　幸福生活

小女孩长大了，她和恋人亲眼看到了那只让她牵挂的银狐托米。

不知不觉，六月到来了，森林里又恢复了往年的繁茂，呈现出一片生机。生活在森林里的动物们，尽情享受着大自然的恩赐。生命对于人和动物都一样，需要珍惜和爱护。

六月的山谷野花盛开，绿草如茵，景色迷人，叫人陶醉。迷人的山谷小路上，手牵手走来一对恋人，男的高大英俊，女的眉清目秀，特别是那双蓝色的大眼睛，忽闪忽闪，漂亮有神。

这对恋人并肩登上一座山丘，站在那里，欣赏着周围的美景。落日余晖洒落在这对年轻人身上，他们长长的影

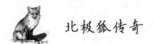

子显得唯美而静谧。白天的喧嚣渐渐远去，两个恋人甜蜜地依偎在一起，那么幸福与美好！

在开满鲜花的土丘上，悄无声息地出现了一只脖子上有一圈白毛的狐狸妈妈，看到那对年轻人，她并没有害怕，反而对着他们温柔地叫唤着。

狐狸妈妈的后面跟着五六只可爱的小狐狸，她一边温柔地照顾着自己的孩子，一边警惕地观察着四周的动静。这时，草丛中有一只动物窸窸窣窣地把小草踩得东倒西歪。很快，两个年轻人发现了他的身影。不一会儿，一只银色的狐狸从草丛中钻了出来，嘴里还叼着几只老鼠，原来他是狐狸爸爸。

那个男孩仔细看着眼前并不害怕他们的狐狸，十分肯定地说："是这个家伙，就是他，到底还是他赢了！"那个女孩也认出来了，惊喜地说："就是他，我的银狐！他是我的狐狸！"不用问，这只狐狸就是银狐托米，而那只狐狸妈妈就是白娘子。三年前的那个春天，猎狗库拉被河水冲到河中间的时候，被转弯的激流冲进大瀑布，最后丧生在那里。而托米乘着的那块浮冰，被水里的一块暗礁撞得粉碎，在那一瞬间，托米快速向岸边游去，他急中生智的举动救了自己的性命。

三年过去了，托米和自己的妻子、孩子过着幸福、快乐的生活，日子虽然平淡，但温馨无比。

此刻，夕阳的余晖越来越浓，洒在两个年轻人的身上，就像给他们穿上了金色的外衣，灿烂温暖。他们亲眼看到银狐一家的幸福生活，心情格外激动，他们互相对视着，情不自禁地拥抱在一起。

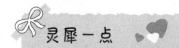

灵犀一点

　　幸福就是和相爱的人在一起，一辈子不分离，同甘共苦，风雨同舟，不离不弃。